Cherng出道五週年依舊一事無成特輯

完全保存版

來貘新定義

Cherng——著

前言

真沒想到已經出來五年了，一定很多人說「什麼啊才五年？」其實自己也覺得「怎麼會才五年？」市面上那些耳熟能詳的角色動輒三、五十年，五年比起來真是像根鼻毛般微小，但或許也是因為發生太多事情，才有一種時間過很慢的錯覺。這一路走來大大小小發生的奇事，如果全寫成書大概可以有三本辭海這麼厚吧，好在現在還能四肢健全的（是多波折）在這寫新書前言。而這五年我也從一個小有名氣的設計系應屆畢業生，轉變成開創新產業的（自詡）國際知名插畫家，而心情也從原本的單純畫圖紓壓，變成了是否能為這產業改變點什麼的責任感（肩膀重），但一切不變的是我一直在畫畫，而且熱忱一直都在，我也相信我這輩子都會一直做這件事。

從 2012 在粉絲團發布的第一篇圖文至現在這本書，這期間實在有太多經典的東西了，不管是我創造的角色、合作過的案件甚至是我本人發生的事情，都相當精彩且值得一再回味。有時在整理舊作的時候，常常都會佩服自己當時的創作能量怎麼這麼強，能想出這些辛辣又一針見血的圖文。也不能說現在創作力薄弱，可能是我在每個時期都有吸引人的地方，只是以前作品比較多批判性但又貼近生活（真是一名千面男子）。這次五週年的書，把歷年來那些出現在我作品中的角色、工作案例等精選集結成冊，其中有很多是大家熟知的一些經典合作案例，但它們背後其實有很多是我沒跟大家公開講的故事或是創作過程（甚至是黑暗祕辛？），我都把這些點滴放入這次的書裡。

這次書名叫《來貘新定義》，我一路走來的理念就是不管做什麼事都要很「新」，只要有別人做過我就不太會想再做了，希望每次東西端出來都有讓人耳目一新的感覺。而這本書有個單元嘗試了我從小到大最想做的漫畫，我把以前出現過的知名角色全部翻新重畫，並且用漫畫的方式來說他們的故事。這次漫畫都屬於短篇類型的創作，但對我來說是一項極大的考驗，平常在網路發表的作品通常只說一個哏，但短篇漫畫需要舖陳，且過程中需要很多哏去堆出你最後想說的哏，所以這在這上面需要花更多心思。近幾年來我發現自己畫畫說故事的創作變少了，也許忙著做角色授權而少了點說故事的部分，但我一直都很喜歡這件事，也剛好藉著這本書找回了那個當初喜歡用畫畫說故事的感覺，我用了一個新的形式做一件一直喜歡做的事情，有種莫名的充實感。做了這些也是想證明我自己有很不同面向的創作，也可以對自己有不一樣的定義。

其實不只這五年，我人生中有太多幫助我的貴人才能這麼順遂，不管是親朋好友或是工作上接觸的人，每個對我好的人我都銘記在心，所以這次也像發喜帖般，謹慎地邀請貴人們來幫我完成書中的其中幾個部分，非常謝謝你們在人生幫過我外，還答應了這次的邀稿。

當然最感謝的還有一直在支持我的你們，我其實不太會說粉絲這兩個字，我覺得大家只是有緣千里來相會，剛好你喜歡的東西我會畫而已。最重要的是有你們一路的支持，我才會有現在這樣的發展與成績。哪怕只是一組貼圖、一本書還是一個讚，對我來說都是很大的鼓勵與信任，好險一路有你們，我愛大家，如果可以我們50週年再見（50好像又有點多）。

2017.

目錄 CONTENTS

●PART 6 交換畫一畫——插畫家好友們的祝賀圖

——爭奇鬥豔，名家齊聚一堂歡慶 5th Anniversary

●PART 7 好朋友＋親友眼中的貘

——真情流露、字數爆表，多說兩句不行嘛！

PART 1

最正宗的來貘進化史

近世代最知名插畫角色
絕對機密首度大公開

1-1 來貘大解剖

About LAIMO

●──**個性**｜善妒但善良，脾氣古怪難以捉摸，沒刻意經營人際關係但又很受歡迎。以懶惰出名，希望一輩子都可以趴著不動。人生座右銘是「一事無成」。

●──**鼻**｜很軟Q，跑步時會明顯地展現其彈性（上下左右晃動）材質類似大象的鼻子，可以靈活甩動。

●──**口齒**｜當沒張開嘴巴時是看不見的，但驚訝時嘴巴張會張開並且露出牙齒，一般來說露出上排三顆牙齒下排兩顆，但有時會上排兩顆下排三顆等組合。

SECRET

●──**手**｜貘有四隻手指（三隻腳趾）通常表現都是圓頭狀（如圖）有特別表現才會伸出手指、例如拿東西或是指人。另外來貘的黑白分線是在其腋下，特此說明。

●——**眼**｜平常眼睛小小的不帶太多情緒，但眉宇間似乎看透了人生百態。眼睛只有在驚訝時會變成圓形。來貘最重要的精髓在於眼睛，他那個略微懶散又帶點銳利的眼神是 Cherng 版來貘最重要的精神。

●——**耳**｜聽到八卦或是壞話會特別敏感，另外真實馬來貘的耳朵上有一圈白色。

PROFILE

名字:來貘 /LAIMO/ ライモ
生日:12 月 25 日
出生地:台北
祖籍:馬來西亞
身高:120 公分 體重 120 公斤

●——**腿**｜基本上都是肥短狀態，必要時才會變成如名模陳思璇般的長腿貘特兒模式。

1-2 來貘進化史｜LAIMO Timeline

the ORIGINAL LAIMO

——第一隻馬來貘——

2011

2011

2011 年底畫了人生第一隻馬來貘。當時創立 cherng's（已於 2015 年更名為 Cherng）粉絲團，初期粉絲團內容是介紹生活中不常見的人事物（包含動物），其中一篇介紹了馬來貘這奇怪的動物，所以找了很多資料來描繪出我的第一隻馬來貘，可以仔細看他表情略有點驚恐。

2012

創粉絲團時暫時先放了貘頭當作大頭照，原本想等有其他更好的圖再更換，但直至今日都還沒換（應該也是無法換了）。隨著粉絲團越來越多人，那顆貘頭也漸漸變成粉絲團的 icon，即使平時發文內容沒有任何馬來貘相關圖文，但大家還是會叫這粉絲團「馬來貘」。之後也都會習慣在每張

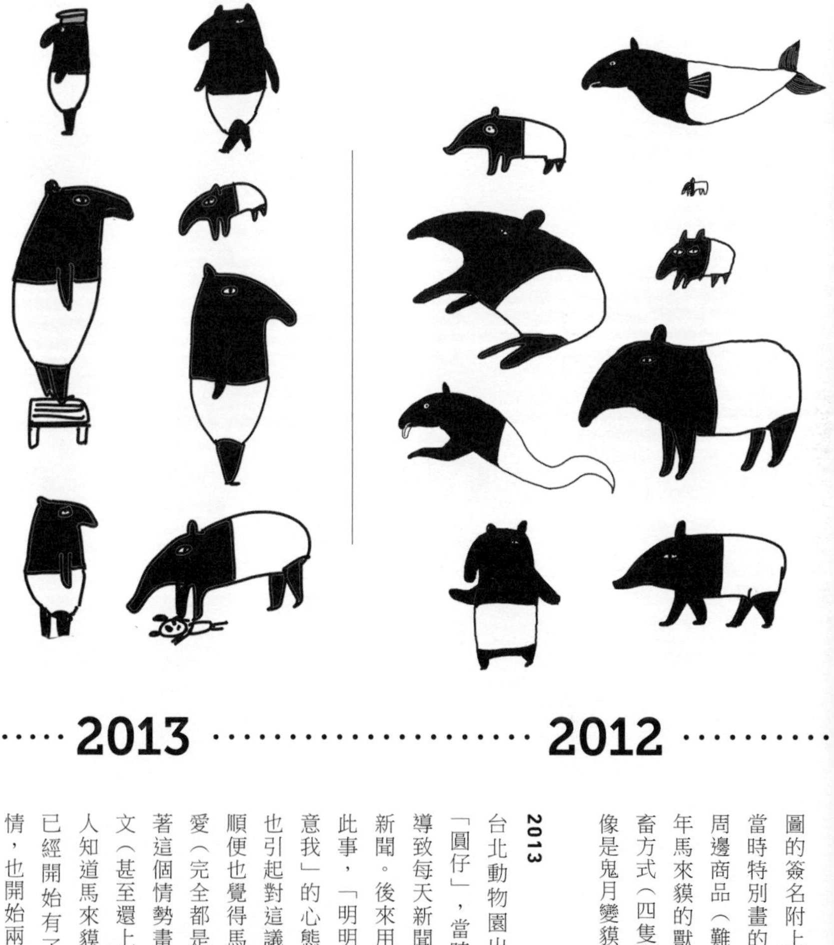

圖的簽名附上一隻小小的馬來貘，而當時特別畫的馬來貘幾乎都是為了出周邊商品（難道現在不是？）而2012年馬來貘的獸性還沒去除，大多以牲畜方式（四隻腳）呈現，偶爾會變身，像是鬼月變貘鬼或是貘魚狀態。

2013

台北動物園出生了一隻大貓熊牠叫「圓仔」，當時紅極一時（現在還好）導致每天新聞都在大量重複播報牠的新聞。後來用了馬來貘的角度來抱怨此事，「明明是黑白動物，卻沒人在意我」的心態來諷刺這個熱潮，可能也引起對這議題厭倦的世人之共鳴，順便也覺得馬來貘這善妒的個性很可愛（完全都是自己說的），當時就搭著這個情勢畫了一系列的來貘圓仔圖文（甚至還上了新聞呢）但也讓更多人知道馬來貘這角色。而這時的來貘已經開始有了加人性，會說話有表情，也開始兩隻腳走路了。

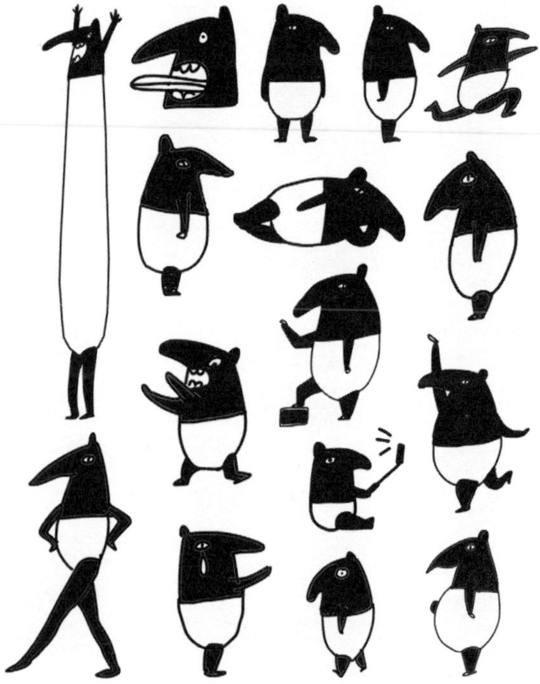

2015 2014

2014

開始以馬來貘的形象發展了許多面向的合作，小至廣告發文、大至家電授權、怪至房地產形象，也因此讓來貘出現了各式各樣的動作肢體甚至變身誇張的型態。這時確立這角色的名字要叫作「來貘」，除了親切外更有一種專屬感。

2015

重要轉折的一年，我換了經紀公司，粉絲專頁名字也改成現在看到的Cherng，來貘不但沒因此擊垮，反而還更活躍甚至拓展到了海外，還有了國際名LAIMO。為了配合日本需要，這時來貘的線條與風格跟之前比起來更穩重一些。另外也畫了馬來貘的小時候狀態（黑底白條紋），以及增加不吃香的來貘正面設定。

「一個角色能不能走得長久，看他撐不撐得過五年就知道了」某年去日本聽到三麗鷗（SANRIO，Hello Kitty 的公司）的某個長官這樣說的，所以今年是很重要的一年。之前有採訪問來貘是不是像你的小孩，你是貘爸嗎？可能我這人個性古怪，很怕聽到這種非親非故但有親屬上的稱呼，他又不是我生或領養的為什麼要叫我爸！（難搞的正義魔人）但我覺得我們關係應該更像是同事吧，我們從出社會就一起工作到現在，一起遇到可怕的老闆；一起面對很多大風大浪；一起解決很多工作上的困難，最重要的是我們一起賺錢（這不是同事是什麼）。而我希望能跟這位同事一直共事下去，共事到好幾個五週年；共事到我退休，我退休也要想要他跟我一起退休，因為他很難搞我不放心讓他跟其他人共事，因為只有我是這世界上最了解他的人了。

2016

2016

發展到第四年來貘形象已趨於固定。有時為了配合品牌的聯名或商品，都會嘗試不同風格、線條甚至顏色的來貘，因為來貘可塑性很高加上作者（我的）品味也很好，每每都創造出驚豔世人的作品。

PART 2

所有經典角色一起同台共舞

一次收藏歷年經典角色

新創圖文長篇漫畫

角色介紹 Characters

B.B. Wong

緑豆湯女孩

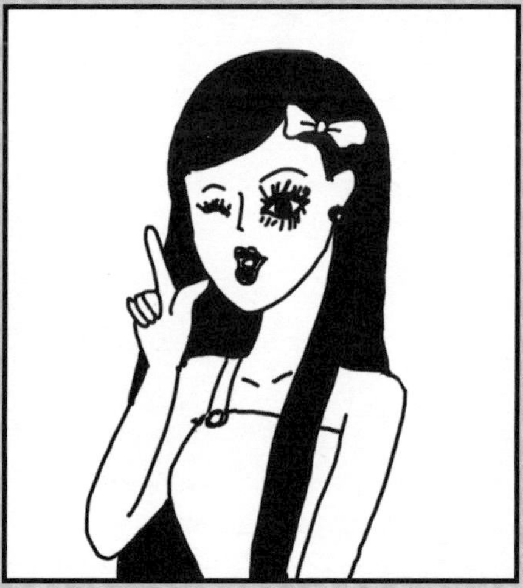

緑豆湯女孩篇
Ludou Tang Mei

●**緑豆湯女孩**：本名湯媚（暱稱湯妹），高中時因為發了張單純自己的自拍，並且配上「好想喝緑豆湯」無關照片的文字，結果引來大批網友討論與分享，故得了「緑豆湯妹的稱號」。很愛漂亮，為了美麗可以不惜一切，個性單純，沒有心機，高中畢業後成為職業的網路紅人。

●**B.B. Wong**：本名翁寶貝，緑豆湯妹高中的好姐妹之一，發文裡常常會看見她的身影，不過常常都被擠到後面。

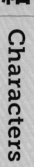

安潔俐娜・阮

美珍

安潔俐娜・阮篇
Angelina Nguyễn

●**安潔俐娜・阮**：父親越南人母親法國人，現任職業女殺手，精通各式槍械。無法容忍許多細微小事，地雷非常多。喜歡有效率的工作，喜歡立刻收工就回家的女子，獨來獨往與世人沒什麼交集。

美珍篇
Mei-Jean

●**美珍**：職業婦女，三個孩子的母親也同時是五個孫子的阿嬤。總有自己的一套邏輯，是個不按牌理出牌的女子，最喜歡的酒是高粱再來是啤酒。

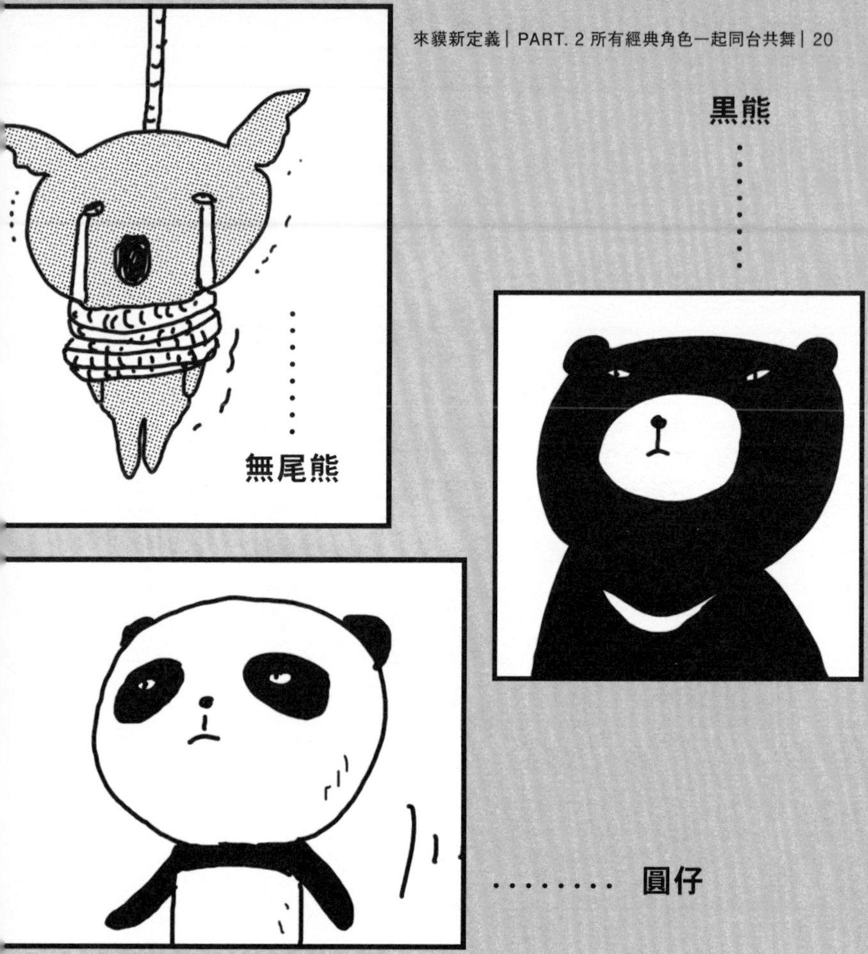

來貘與朋友篇

LAIMO & Friends

●**來貘**：祖先來自馬來西亞的馬來貘。愛吃貪睡。個性強硬，聰明狡猾無法參透他的想法。因為失寵而變得善妒，不過其實內心相當善良。

●**圓仔**：祖籍四川的貓熊。一出生就是眾所矚目的焦點，天真無邪，不知這世界有多麼險惡。

●**無尾熊**：澳洲來的無尾熊。過氣動物明星的代表，與世無爭且個性溫和，不過講話時常一針見血。

●**黑熊**：台灣黑熊。剛毅木訥，雖面兇但心善，憨厚老實，容易被朋友煽動說服，擁有很大的力氣。

牙齒三姐妹篇
Pola de Sisters

住在人類口腔的三顆併排牙齒，個性都相當尖酸刻薄，很愛說話，而且說出來的話都相當難聽且刺耳。

●**大姐**：臼齒。妝感稍重，因歷練較多，個性較成熟穩重。

●**二姐**：臼齒。長相不出色，牙生最不順遂。

●**小妹**：臼齒。因涉世未深，遇到事情很容易慌張且大驚小怪。

2-1

綠豆湯女孩

Girl Lu Dou Tang

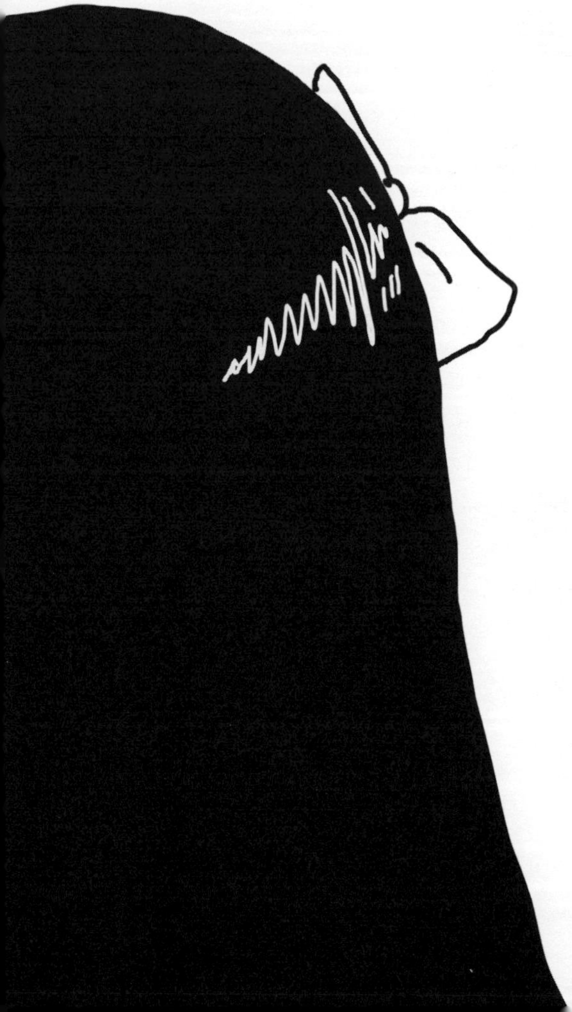

湯妹
36分鐘前
今天好想喝綠豆湯喔 > <!
148個讚
好美！
寶貝好正

想喝綠豆湯，
那為什麼要發自拍？

欸，下禮拜要考期末
放學要不要去美當老
唸書啊？
喔，好啊。
湯妹
12分鐘前
下週期末考，該K書了辣
with B.B. Wong
186個讚
好用功！
兩個美女
唸書化濃妝？
樓上酸民
國文
(三)

上體育課總是會有坐在
一旁不運動的同學

湯妹
34分鐘前
體育課～真是無聊辣！
with B.B. Wong
421個讚
真的！
兩個美女
上課用什麼手機
樓上酸民

湯妹
2 小時前
頭髮變好長喔 > <!
1048個讚
28 comments
湯妹
1小時前
就來直接跑來找Amber幫我剪辣 > <!
846個讚
41 comments
湯妹
2 分鐘前
剪短ㄌ！超清爽的辣！
8864個讚
108 comments
超美的！剪短好看
差在哪？
樓上看不慣不要看!

湯妹
3小時前

今天和我的寶貝一起去看特種部隊辣~
與B.B.Wong

818個讚　8 comments

湯妹
1小時前

今天看電影就94要配臭豆腐！誰也不能阻止我辣~　與B.B.Wong

359 個讚　18 comments

湯妹
20分鐘前

剛剛討論劇情一直被旁邊的人制止！
覺得森 7 辣!與B.B.Wong

889 個讚　37 comments

小姐，看電影請不要用手機好嗎？

高中時在網路發了一張自拍並附上「好想喝綠豆湯」之毫無相關的文字註解在個人臉書，造成網民大量討論與分享。
結果莫名其妙爆紅，網民都叫她「綠豆湯妹」，拍照時比「七」或是嘟嘴是她的招牌動作。
還出了書。
綠豆湯妹的天然水果美顏術
超天然
6230
782
純
業配文等工作也是接不斷。
綠豆湯女孩粉絲團
300K
高中畢業後，成立了粉絲專頁成為職業網美人氣不斷攀升。
甚至接了代言人，還有燈箱廣告。
綠豆湯妹の不二選擇
純天然製成，不含人工香料
代言人

天哪，憑什麼啊？這樣也能變成燈箱廣告，現在網路紅人隨便都能當代言人？
吼，真的超傻眼的。她到底哪位啊？真是昏倒！
蛇蠍猛獸服飾公司
2017春裝發表記者會
哇！妳是婷婷嗎！久仰了，我都有在偷偷關注妳耶！而且我們今天是穿姐妹裝耶太巧了吧。
妳本人好漂亮耶！
啊哈哈哈！妳好啊，最近也有看到妳的廣告呢。
太好了！那我們來拍一張吧。紀念我們姐妹裝！啾咪。
喀嚓喀嚓
好呀！記得要美肌一下喔。
那再把照片傳給我呦！我有事先走了，下次再見吧。

轟—
啊！今天真開心。回家最愛什麼都不做直接躺下了！
趁還沒卸妝！在床上再自拍個幾張吧。
喀嚓 喀嚓 喀嚓 喀嚓 喀嚓 喀嚓 喀嚓 喀嚓 喀嚓 喀嚓 喀嚓 喀嚓 喀嚓 喀嚓
綠豆湯女孩
27分鐘前
今天記者會認識好多人！
卸完妝了要來睡囉，大家晚安辣！
6320 likes. 417 comments.
女神晚安！ 463
晚安 48
全妝吧？ 1798
隔天早上
經紀沈
欸欸欸！妳快點起床！事情不好了啦。
經紀人．沈（25）

靠北網紅
1小時前
（匿名）某知名甜點網紅高中未整型照曝光。
剛剛靠北網紅的粉絲團發了一張以前妳高中時候的照片，現在很多人都在討論妳整形的事，結果網友都湧入妳粉絲團在亂罵……。
電視新聞、網路新聞也都在不斷重複報導整形事件。
網美整形？
整形疑雲？
綠豆湯妹の整型選擇
純天然
沒幾天網友開始合成許多嘲諷的圖文……。
修繕後
原本好幾個要合作的廠商也都因此終止，損失慘重。
假臉妹，沒才能還能紅？
對妳失望至極，虧妳還代言純天然洗髮精，真諷刺！
還是妳是男的？
妳哪位？很紅嗎？
整天只會發一些自拍看了就想吐。且還都整形臉
什麼綠豆湯妹？改叫孟婆湯妹吧
越看越假，噁心！
重點是整了也沒多好看啊，在紅什麼（黑人問號）
滑滑滑
為什麼大家要把我罵這麼難聽！我只是很愛漂亮去整形，這樣有錯嗎！
嗚啊啊啊啊

嗚啊啊啊
啊啊啊
別難過了，妳看還是有粉絲寄禮物到經紀公司給妳打氣加油呢！快點拆開吧。
!
膠臉妹，
天氣熱小心融化
欸欸欸！妳看看這是湘耐爾公關送來的絲巾耶，這可不便宜呢！
（該死沒先打開檢查）
圍在脖子上吧。

嗚啊啊啊啊
我不想活了啊。
不是這樣的！
別擔心，這風波很快
就會過去的。
整形錯了嗎？
從小就長得不好看
長大整形讓自己更漂亮
這有什麼不對？
我沒偷沒搶花自己錢整形
為什麼大家要把我罵得這
麼慘？

整形沒有不對，我猜網友心態多少有一點被騙的感覺。而且妳是公眾人物，加上又紅得太快更容易成為大家攻擊的目標。
尤其妳現在聲勢這麼大，做什麼都會被放大檢視，剛好妳最近又代言天然產品，更容易讓別人做文章。
網路最可怕的就是一堆搞不清楚就跑去亂罵人的酸民，但這種人通常智商都不高，別太在意他們的批評。
不過話說回來，妳有想過是誰發出那張照片嗎？
會不會是妳的高中同學？
高中同學……
啊！那我來問問看BB好了，她比較記得班上的同學。想當初我們每天都混在一起，但畢業後就比較少聯絡了。
B.B. Wong
2015.12.11
2017.04.21
B 在嗎？
好久不見～
想問妳一件事
最近我高中照片被翻出來
me超難過ㄉ！
妳覺得會是誰啊？
嗯
妳還住在大安那邊嗎？
我想去找妳一下
好啊，不過經紀人也在喔

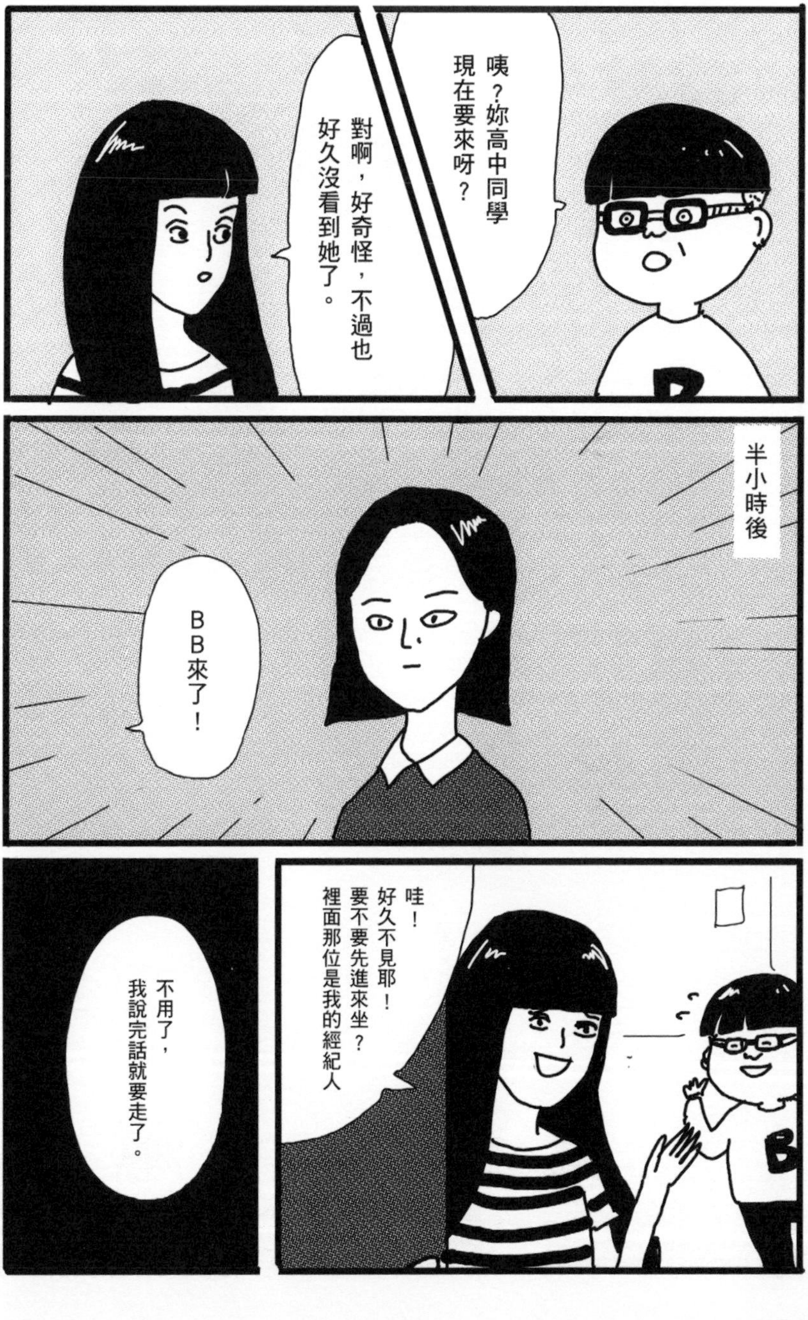
咦？妳高中同學現在要來呀？
對啊，好奇怪，不過也好久沒看到她了。
半小時後
BB來了！
哇！好久不見耶！要不要先進來坐？裡面那位是我的經紀人
不用了，我說完話就要走了。

照片是我傳出去的。
。。。。
咦？

妳變了，湯妹。
不只臉變了整個人都變了，我已經找不到我認識的湯妹了。
畢業後怕大家知道妳高中的那些自拍照都是靠修圖軟體弄的，因而跑去整成妳現在這個樣子。
離開學校後，妳有妳網美的生活我有我的大學課業但總感覺妳有了網美朋友生活變得很精彩就瞧不起我們一樣，總是愛理不理的妳自己看一下我們剛剛對話紀錄我們上個對話是幾年前妳有回我嗎？
不過這些事也就算了……
我真的無法接受妳居然連阿格的告別式都不來……
而妳當時居然說妳那天要去上某個網紅的直播頻道……
我聽到整個傻了，阿格可是我們每天都在一起的好友……妳當時不是還說我們是南湖閃亮三姐妹嗎……
那時我才發現，我跟妳已經不是同一個世界的人了
前幾天是阿格的生日，剛好在整理舊照找到當時還是用摺疊手機的自拍我覺得好天然好可愛。
當下很感慨，加上之前的種種，讓我有點失去理智把自己馬賽克後就傳給靠北網紅的粉絲團……或許是阿格的安排，看看當時的妳，想想現在的自己。

很抱歉這些對妳的損失，其他我已無話要說，就當作是誤交損友吧
我先離開了。
嗚——嗚——
進這產業總會有失有得，唉，不過這都要適應呀。時間過了就沒事的。
喀嚓 喀嚓 喀嚓 喀嚓
現在好像哭得滿漂亮的？趕快拍下來！
都什麼情況了！
綠豆湯女孩粉絲專頁沒多久發布了一篇文章，大方承認自己整形。並主張變美讓她帶來自信，也道歉自己以前對大眾隱瞞整形而代言許多主打天然的產品。文章迴響熱烈也獲得許多人的贊同。
不過在那篇文章之後綠豆湯女孩就再也沒發過任何動態了
綠豆湯女孩
312,487個人說讚
雖很多工作找上經紀公司都被以合約到期為由婉拒也不願透露她任何行蹤綠豆湯妹彷彿人間蒸發。

三年後
毒蜘蛛時尚雜
剛跟總編開了會，她說希望下期雜誌有個單元主題是「那些過氣的網紅」
這主題未免也太失禮了吧？
那妳這邊就負責這位，「綠豆湯妹」妳應該記得吧？她似乎消失一陣子了，當時可是很紅的呢。
我們透過關係找到她的地址，希望妳能去探訪她的近況。
OK!
主編是在整我嗎？跑到這種深山野地？還是估狗地圖導錯地方？

?
湯元寺
不好意思。
我是雜誌社的編輯。請問這裡有這位女子嗎？
在這邊問這種問題，真是有夠詭異的啦！

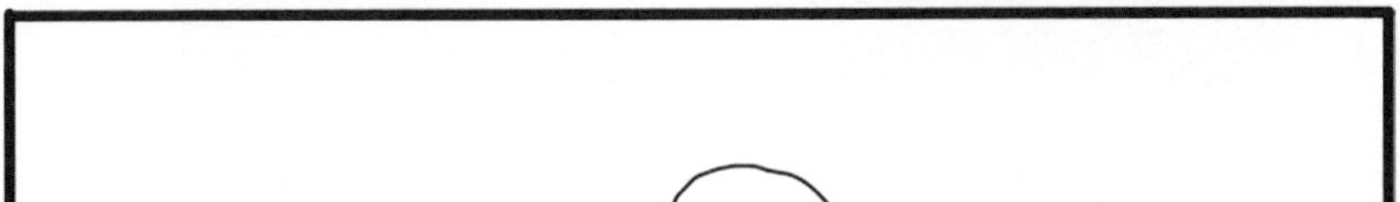
那是過去的我。

釋罔弘法師，
俗名湯妹，
法名罔弘。
出家前曾是知名網
美，因發生重大打
擊，拋下紅塵名利
剃度出家。
喀嚓
喀嚓
有時聽到信徒參觀
的拍照聲，會不小
心反射出當時在塵
世間的招牌動作。
完

2-2
安潔俐娜・阮
Angelina Nguyễn

01——感應式水龍頭

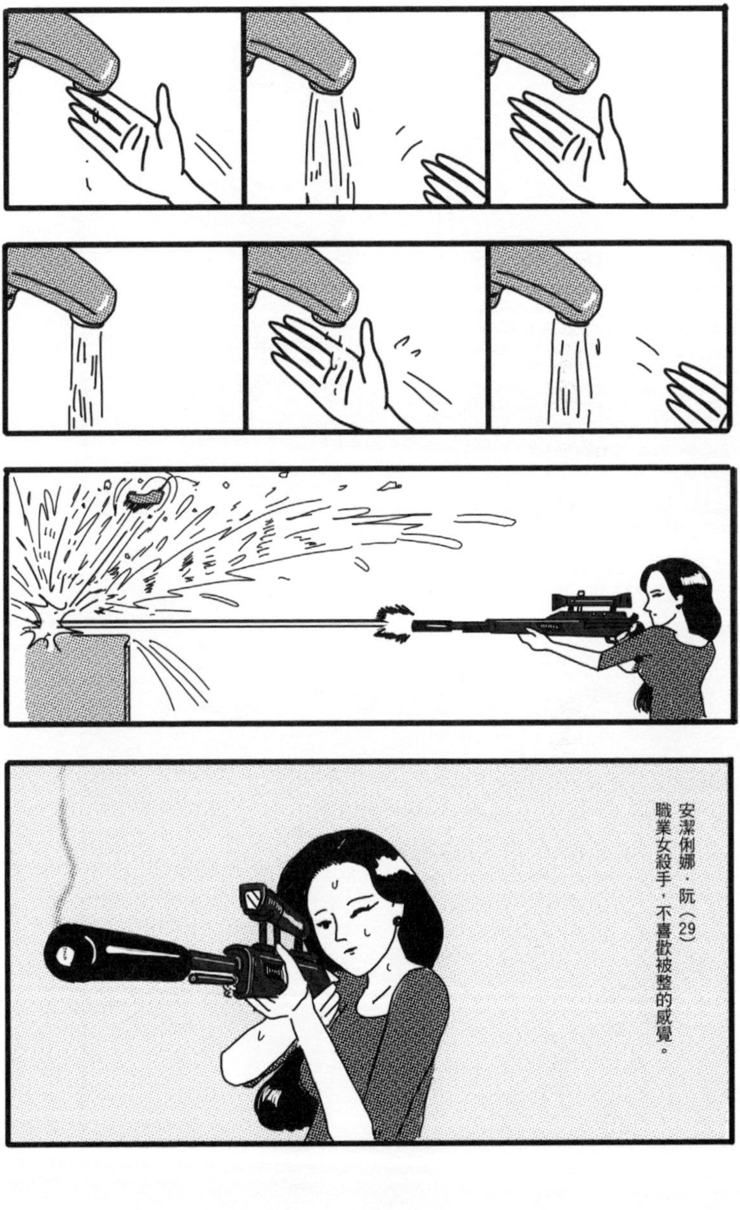
安潔俐娜·阮(29)
職業女殺手，不喜歡被整的感覺。

02
—
公車

886
886
886
同一號公車
886
886
886
886
安潔俐娜．阮（29）
職業女殺手，無法忍受
被同一台且空的公車超越的感覺。
86

03——整人遊戲

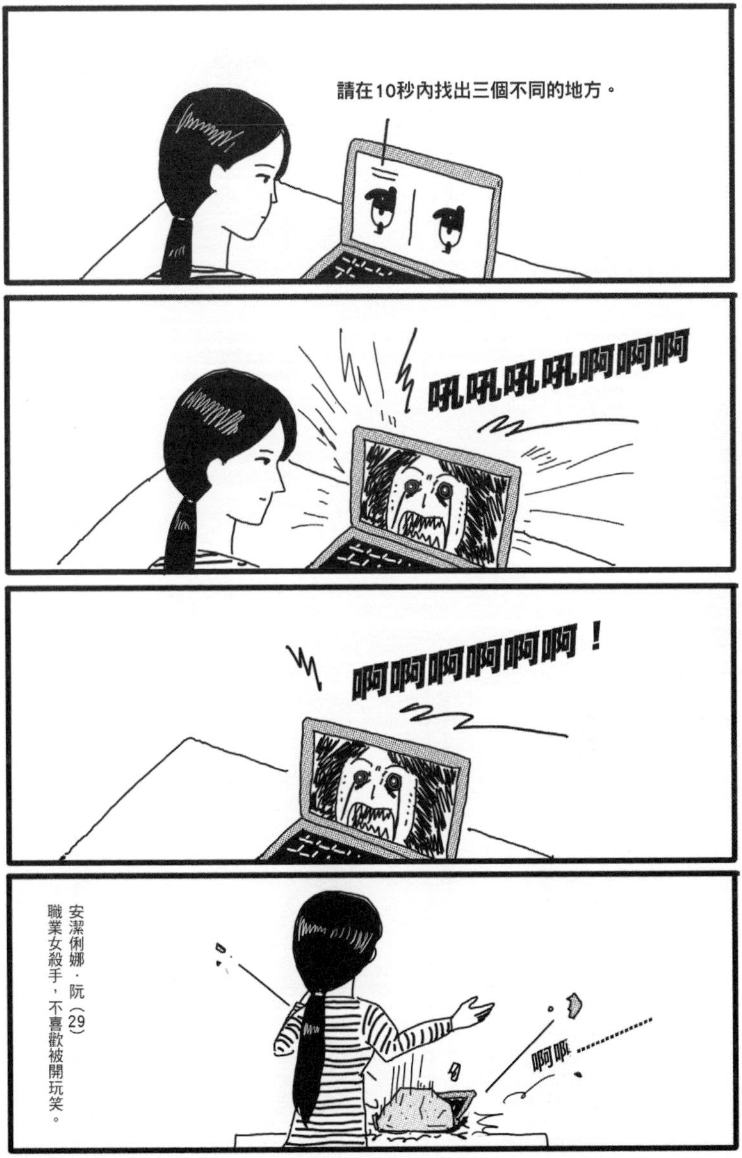

04——工作方式

安潔俐娜・阮（29）
一名職業女殺手。
今日工作案件對象是一位
網美水水。
拜託請妳放過我
嗚啊啊啊
如果妳放ㄉ我，我可以給妳
我合作過ㄉ保養品八折！
還ㄎ以幫妳發六篇免費ㄉ文章
也幫妳每篇發文都按讚捏！
嗚啊啊拜託妳放ㄉ倫家ㄅ。
我才不需要這些東西。
妳聽好了，現在給妳
兩個選擇……
第一個選擇是
妳自己從這斷崖跳下去。
第二個選擇
現在卸妝，然後我開妳
的手機進行直播三十分鐘。

安潔俐娜・阮（29）
職業女殺手，擅長絕招是逼迫式殺人。

05

昆蟲

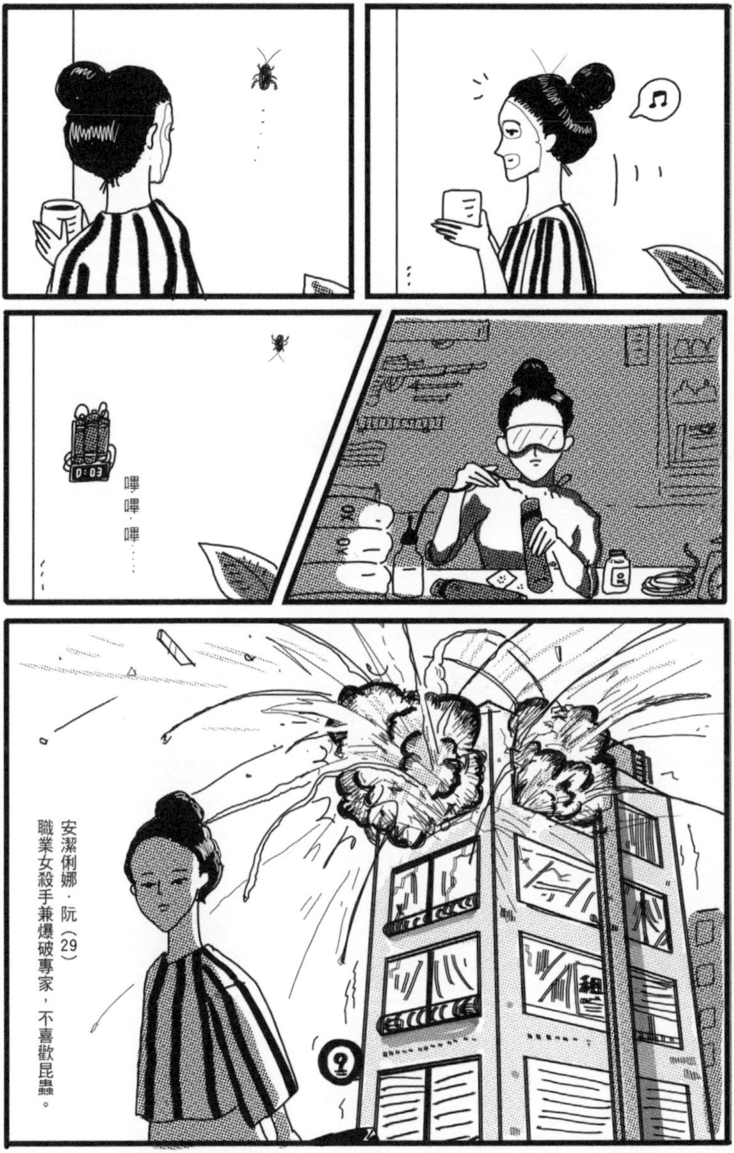
0:03
嗶嗶·嗶……
安潔俐娜·阮（29）
職業女殺手兼爆破專家，不喜歡昆蟲。

06——女高中生

啊啊啊啊
我人生完蛋了！
我居然這次模
擬考國文只拿
了94分！
好煩啊，我該
怎麼辦才好。
嗚啊啊啊啊
嘎拉嘎拉。
阿甜，94分已經很高了呀。
我才27分呢，哈哈哈。
但我又不是妳們這種
程度的人。
安潔俐娜·阮（時齡17）
女子高中生，無法接受
自己的好意被人糟蹋的
感覺。

07——變身

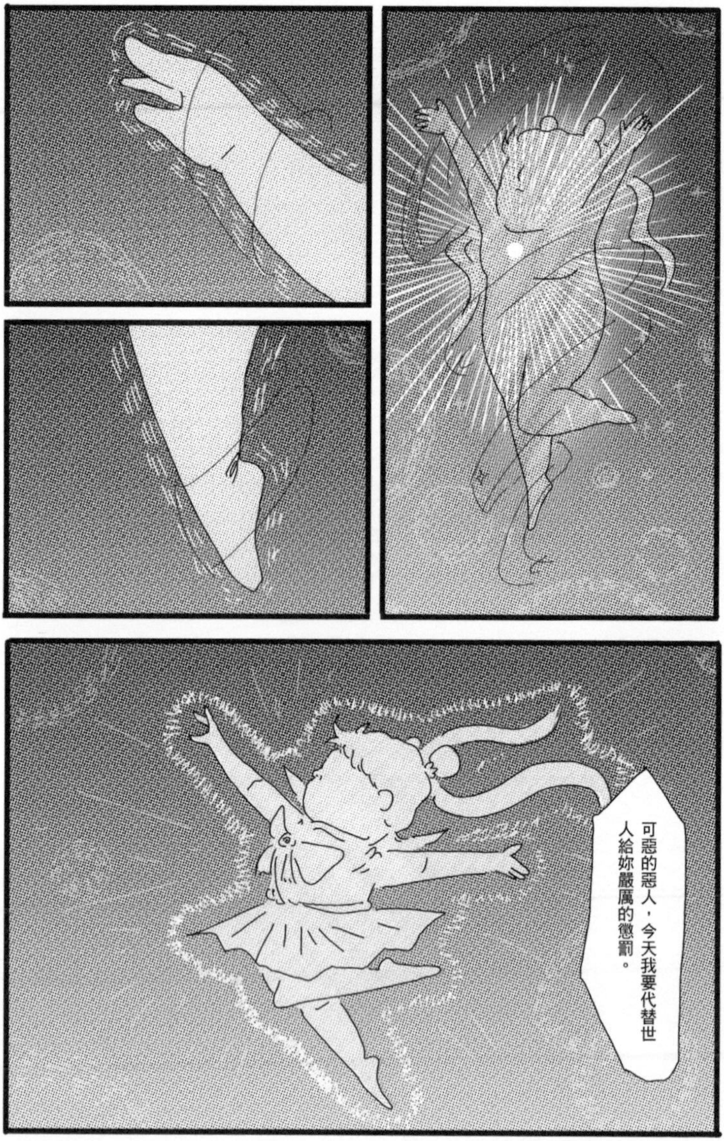
可惡的惡人，今天我要代替世人給妳嚴厲的懲罰。

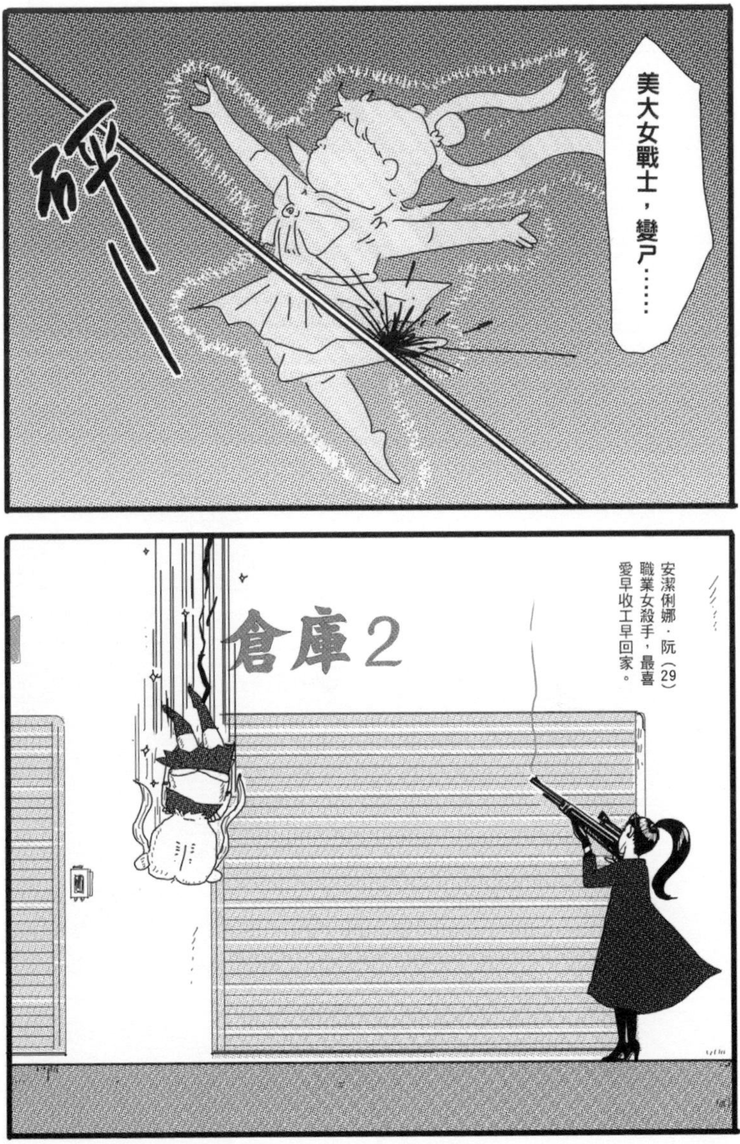
美大女戰士，變ㄕ……
安潔俐娜·阮（29）
職業女殺手，最喜愛早收工早回家。
倉庫2

2-3

來貘與朋友

LAIMO & Friends

嚼嚼
爸鼻你看！有一隻黑白豬耶！
啊那不是豬啦，是食蟻獸。
不好意思，我是「馬來貘」。那邊介紹牌有寫得很清楚，希望你們可以謹慎發言。
咦！
馬來貘 malayan tapir

真是的！
一點抗壓性都沒有
居然就這樣跑走。
來貘！
來貘的飼育員，阿娟（32）
又再對路人發脾氣嗎？
人家不認識你也不能怪
他們呀。
來，這是你今
天的午餐跟點
心。
拋
哼！反正我就是
長得又怪又胖，
然後又沒人懂我
的奇怪生物。
我才不管那些人呢。
自暴自棄
不是剛剛才吃完
早餐的嗎？

兩週過去
馬來貘 malayan tapir
哇！
出來了
他出來了
天哪！
好可愛喔
是來貘！
超可愛的！
喀嚓喀嚓
喀嚓喀嚓
真得長這樣耶！
好可愛喔！來貘！
??!!

請問你們怎麼會突然跑來拍我？而且還如此熱情？
天哪，他居然在質疑我們耶！好可愛！
喀嚓 喀嚓
喀嚓 喀嚓
喀嚓 喀嚓
喀嚓 喀嚓
喀嚓 喀嚓
一直有人在看你的生活，感覺真奇怪。
甲奔囉！

看來今天耗了不少的體力呢。
喀嚓
喀嚓
喀嚓
喀嚓
知道為什麼最近突然這麼多人來看你嗎？
為什麼？
嚼嚼
因為現在網路上有個很受歡迎的插畫家專門在畫馬來貘，結果你在動物園詢問度因此變很高。
386,742
嚼嚼
你看還出了很多周邊商品而且都很受歡迎。
那這樣我豈不是就變成超級名貘？我是不是要開始節食了呢？
剛剛吃了一兩桶！
這是兩件事情。

幾天後……
來貘雖然食量很大不過也是很挑嘴的呢，只有我選的食材他才肯吃喔啊呵呵呵。
來貘，這是我親手做的蛋糕。
謝謝。
小姐！妳難道沒看到那邊寫禁止餵食嗎？
啊啊抱歉……
可是阿娟，下午已經有粉絲送這麼多禮物了。
也太多了吧……
真是的！陌生人送的東西不能亂收啊！要是裡面有危險物品怎麼辦？

這些禮物我就先收去辦公室保管。
唉，突然變成動物明星平常個性古怪的他，一定多少會不太習慣吧。
耶看這邊！
好厲害！還會比V
應該是我多慮了。
來貘就這樣成為了動物園內閃亮的一顆星。也漸漸習慣了每天一舉一動都被拍照的生活。直到了兩個月後的那天……
喀嚓
早安！熬咋！早晨！早上好！歐嗨呦！股貘您！啊扭哈誰呦

咦？都沒人？
我想應該是一大早的關係，大家應該晚點才會出現吧？
啊居然睡著了！
還是都沒有人啊啊啊啊啊啊啊啊啊！
哈囉—！
有人嗎？

這樣沒用的。
動物明星的熱潮都會退得很快。我猜你應該是……過氣了。
誒？這不是之前從澳洲來，然後吸引成千上萬民眾到動物園朝聖，如今已沒什麼人關心的前動物巨星——無尾熊本尊？
嗚啊啊啊啊別說了！
據我所知，最近動物園好像即將有另外一隻動物誕生了……可能多少有點關係。
過氣動物區
我的飼育園快要來了，我先回去！再見囉。
是以一個前輩的姿態來分享事情嗎？

真是的，我這麼可愛怎麼可能過氣呢？新動物明星一定沒我可愛吧。算了我才不在乎呢！
過了幾天
最近有妳有看到動物園的新聞嗎？每天都在報導。
有啊有啊……
妳是說動物園幾天前剛出生的小貓熊寶寶「圓仔」嗎？
不過現在都只有新聞畫面。因為現在他好像剛出生很虛弱……
所以他現在都還在保育中心的保溫箱受保育人員照……
耳朵好大喔這什麼動物啊？
長得好奇怪喔，應該是大象的親戚吧。

STAFF ONLY
保育中心
噠噠
育中心
好熱！
要什麼帥
穿大衣！

圓仔
嘿嘿！太幸運了，居然都沒人在看管。
原來這就是最近最受歡的動物明星啊。
看看我怎麼教訓你這目中無人的傢伙！
呦，最近很跩嘛！有很了不起嗎？跟你說啦！囂張沒有落魄的久。

最近的新聞一直不斷放送動物園所提供剛出生圓仔的照片。不只電視，就連網路報紙也都是圓仔的版面。小小一隻貓熊，可以興起如此大的波瀾，動物園相當訝異，也做好了十足的準備。
獨家 今天圓仔伸了懶腰！
NEWS 超萌圓仔！動物園吸睛
PANDA
為了因應大批想看圓仔的人潮，動物園也蓋了座貓熊館。
也幫還沒對外亮相的圓仔蓋了一個專用房間。
不過目前他還在保育中心，等亮相前一天才會入住。

來貘好久不見啊，這幾天動物園大家都好忙呀。
最近大家都在忙圓仔的「亮相直播會」，我也被調度去支援一些事情。所以只能都請我助理幫我放個食物給你，真抱歉啊。
ZOO
圓仔的亮相直播會？
是呀，因為最近圓仔的討論度實在太高了
所以要在下禮拜圓仔對外亮相的那一天，有個小小亮相儀式。那時會有很多人潮跟媒體來參觀跟直播。所以當天會有超多人來看到圓仔的呢。
LIVE
亮相直播會!?
過氣動物
當年我居然沒有這種待遇，太過分了！
要是出糗就完蛋了。
是啊，出糗的話就……
啊啊我想到了！

有個辦法可以讓我們，再重回昔日風采。
圓仔
變成奇怪造型又很多顏色的圓仔
在亮相直播會當天讓大家看見奇怪造型的他一定都很失望。
大家就會回頭來愛我們過氣的動物明星！
讚！
我這裡剛好有之前粉絲送我的身體彩繪的蠟筆。剛好沒被阿娟收走。
COLOR
天哪，太酷了你。
水喔！
那我們就在亮相直播會的前一晚的半夜秘密行動吧。
阿娟說那天前一晚圓仔就會住進他的新房間了。
然後亮相直播會就會在房間外舉行。我們就要在開始前兩小時進入他房間彩繪他然後逃走……

亮相直播會前晚
貓熊館
大家都準備好了嗎？對了，彩繪蠟筆放在無尾熊肚袋裡吧，這樣行動會方便點。然後我們照計劃進行。
好，你放。我好愛睏。
走吧！
那就從窗戶進入吧。我去打破它。
喝！
其實後門沒鎖。

這些隊友真的可靠嗎？
痛！
無尾熊，那有監視器！爬上去把它轉向天花板吧。
....
居然因為爬上高處得到安全感而睡著！這個蠢蛋啊啊啊啊！
無尾熊，身體新陳代謝較慢每日需睡眠17-20小時。

吼吼吼
啊啊啊
唔！
大家要小心！他會吃人啊！
快點往前跑，不要回頭看！
啊啊啊
黑熊被吃了！
無尾熊！
不要吃我！不要吃我！

啊啊啊啊啊啊
不要吃我啊！
啊
蹦
醒了。
剛剛怎麼叫你都叫不醒！真是太不負責了，要不是蠟筆在你身上我們早就走了。
抱歉
現在已經早上了。雖然離亮相直播會時間還有一段時間。但我們還是要快點以免行跡敗露。

圓仔の房間
我想這就是圓仔的房間吧。
看得出來。
進去以前我們稍微裝扮一下，不要讓他太害怕要是被看穿我們的計劃就完蛋了這我剛剛在紀念品店拿的。
今天是亮相直播會，等等肯定會很忙亂的所以早點起來準備活動的東西。
沒想到居然有民眾為了搶先，昨晚就跑來們紮營排隊。
組長，組長！門口都是人了耶我們該怎麼辦呀。

圓仔！
我們是你四川的遠房親戚！想說來探望你一下！
我是你大伯
我是你三叔
面膜
我是你堂弟
啊哈哈被發現了
這不是來貘黑熊還有無尾熊嗎？我常聽到你們的故事耶！
你好！

我們其實是動物園裡的造型團隊！知道你等等有亮相直播會，所以來幫你裝扮化妝一下的。
哇賽！真的嗎？那真是太好了！謝謝你們。
嘩
貓熊館
圓仔直播會
嘩
天哪好熱我妝都花了可以進去嗎？
人好多快點進去！
快點開放啊我小孩快昏倒了！
ZOO
組…組長，民眾好像快爆炸了，我快hold不住了……
ZOO
那……我們提早三十分鐘開始好了。

如何？
啊哈哈哈哈哈哈哈哈哈哈哈我的天哪好醜啊！
憋笑
造型團隊覺得非常好看呢！對了！你後面要不要也上妝呢？畢竟是立體舞台，每個角度都會被看到。
對耶 我背後面都沒被畫到，造型團隊考慮真周到。
那我趴下來，你們也比較好畫。
動作要加快了，再三十分鐘要開始了，沒想到會耗這麼久！

圓仔亮相見面與直播典禮
啊，完了。
LIVE
LIVE 326
LIVE

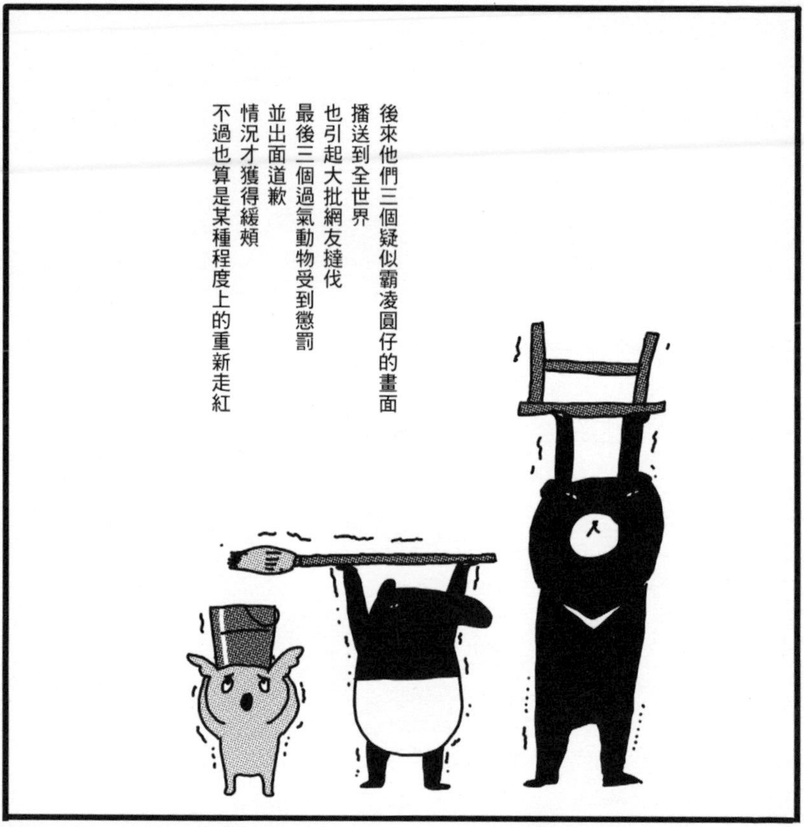
後來他們三個疑似霸凌圓仔的畫面
播送到全世界
也引起大批網友撻伐
最後三個過氣動物受到懲罰
並出面道歉
情況才獲得緩頰
不過也算是某種程度上的重新走紅

嗚嗚…………

你們母子今天表現非常好。尤其那個不留情的雙轉頭！
這是小小心意。

嗨！圓仔。
嗨！
下次不准跟他打招呼。
是。

對於圓仔上次的霸凌事件你有什麼看法？圓仔剛出生沒多久就比你紅的看法？
圓仔說你在保溫箱就見過他是真的嗎？圓仔他最近對你釋出善意，你覺得你有可能和好嗎？
圓……
不好意思，你講太多次他的名字了。

嗚啊啊啊
媽媽我要買馬來貘的娃娃！
可是家裡的娃娃已經夠多了說……
太太，我自己覺得馬來貘娃娃很可以購買。因為現在馬來貘正要紅，而且買了可以先當收藏，以後更有名之後再高價賣出。我是覺得這可以當投資，這樣妳之後就可以享盡榮華富貴了。
說的也是。那我買個一打吧。
圓仔圓仔！媽媽有圓仔娃娃買給我！買給我！
不孝子！
!?

最近欺負圓仔的招好像用得差不多了，還在想有什麼新招可以玩。
我都已經釋懷了你怎麼還這麼在意呢？
這可是我們兩個知名黑白動物之間的戰爭呀，怎可以輸？
說得我好像全世界只有你們倆才是知名黑白動物一樣？
啊啊……失禮了。

哇，是最近的大明星耶。
呵呵。
你看看，你看看他那個表情。是不是瞧不起我們這些二流動物啊？
嗚唔

啪
啪
咚、咚、
砰
砰
啪
啪
救命啊！來貘。
快點救我！

啊哈哈哈
笑死了。居然還跟他求救？不知道他就是最愛欺負你的人嗎？
我踩！
咔……
住手。

滾開。
天哪！居然是獵槍！快逃啊啊啊！
我先走了。
那個……
世界上，只有我可以欺負你。
完

2-4

美珍

Ms. Mei-Jean

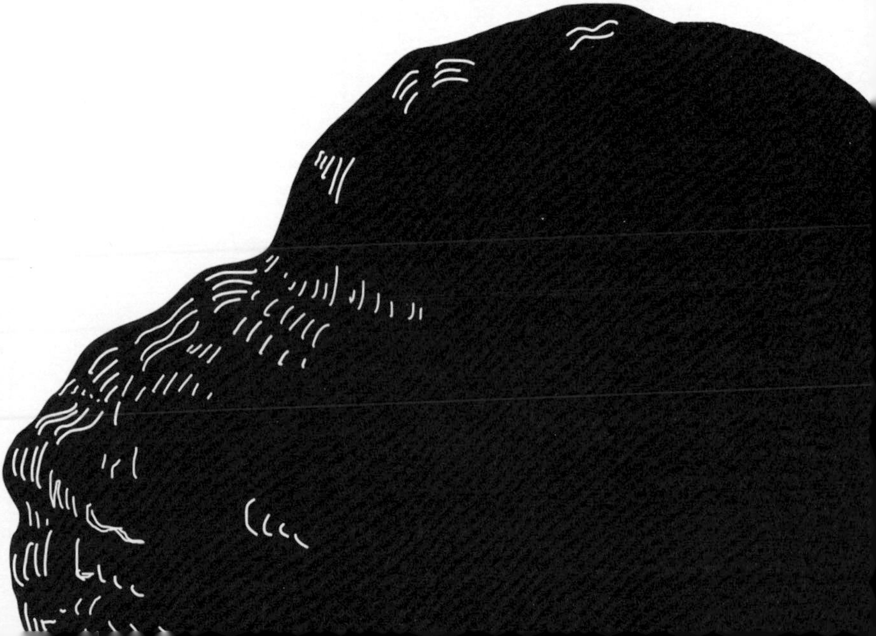

01——燙頭髮

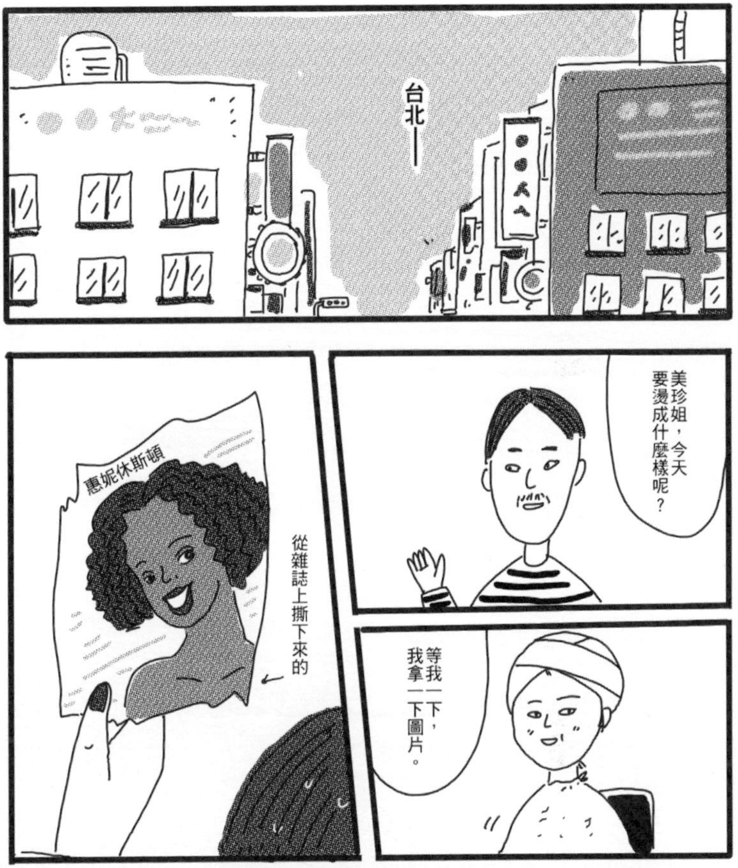
台北——
美珍姐，今天要燙成什麼樣呢？
等我一下，我拿一下圖片。
惠妮休斯頓
從雜誌上撕下來的
嗯……
再麻煩你了呀。

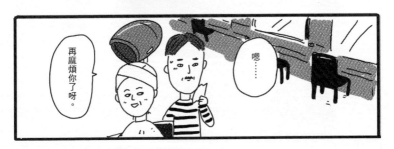

我回來囉。
兒子，你看。
新髮型如何？
好像國泰人壽。
國泰人壽
美珍

02 睡眠

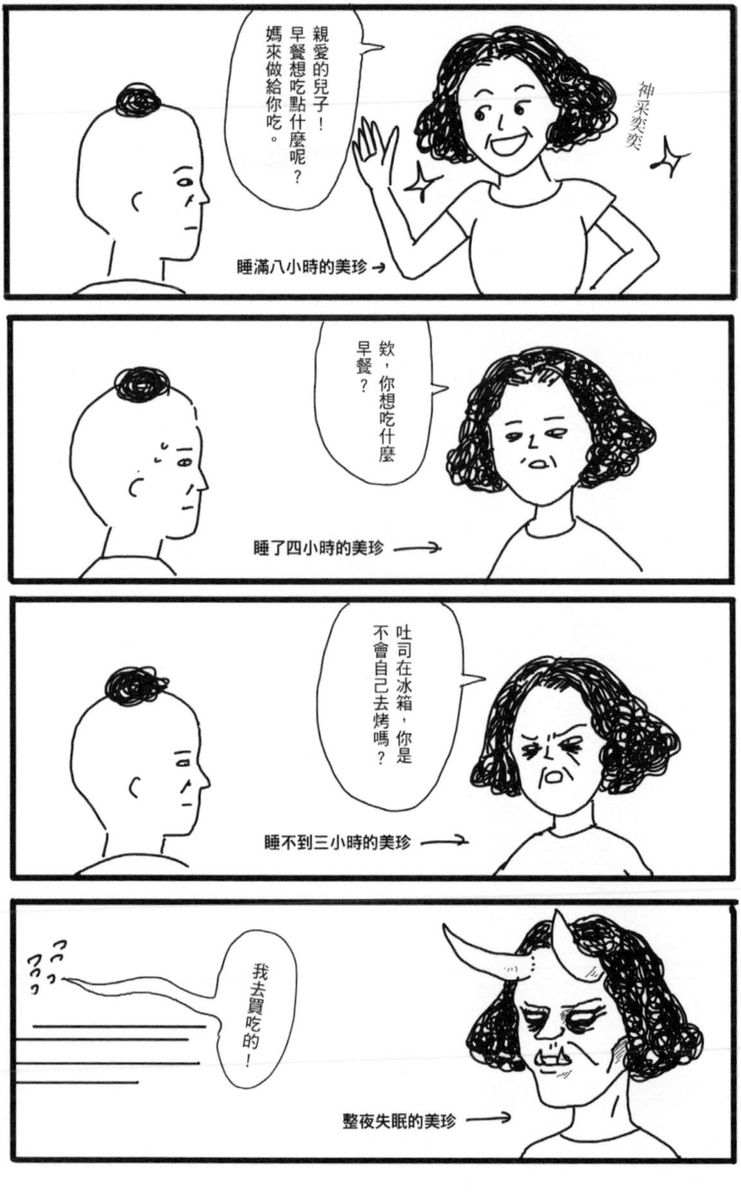
親愛的兒子！早餐想吃點什麼呢？媽來做給你吃。
神采奕奕
睡滿八小時的美珍
欸，你想吃什麼早餐？
睡了四小時的美珍
吐司在冰箱，你是不會自己去烤嗎？
睡不到三小時的美珍
我去買吃的！
整夜失眠的美珍

03 — 小動物

天哪！沒看錯吧？
美珍居然在看小魚！
畢竟美珍是出了名不愛動物的女人。
連動物看到她都會退避三舍。
妳居然會來關心家裡的小魚，真是好感動。
你在說什麼？快來幫我拔掉這根白頭髮！
……
只是在照鏡子 ⟶

04——美珍我在這

兒子畢業後每天就在房間用電腦，不知道都在幹嘛，真令人擔心。
兒子，肚子餓嗎？我剛剛煮了點麵要不要來吃？
喔我還不餓，妳先吃吧。
還是你要來跟媽泡茶？大嫂有買了一些甜點。
我現在有點忙。
大嫂說她剛剛分娩了，妳要不要去看她？
她去年就生了。
真是的！到底是在忙什麼？

數天後
媽，我現在要去台中，今天不用煮我的了喔。
蝦米！台中？去幹嘛？
就在台中有活動啊。
蝦咪活動？
啊就我在臉書上經營粉絲團，有跟大家說要去擺攤然後簽名這樣。
臉書？
粉絲團？
簽名？
擺攤？

來不及了
我先出門！
當天深夜……
我回來了……
啊啊啊

幹嘛不開燈敷面膜！是要嚇死誰！
啊哈哈，不小心睡著了
兒子，想了很久我想跟你討論一件事……
妳去先把面膜撕掉吧
要不要去找份工作？
我知道你現在有在畫畫接一些案子。
但我還是希望你能有個正常又穩定的工作。
至少要有正常作息，按照時間上下班。

媽看到你這樣每天在房間不知在幹嘛也是很擔心。
媽知道你愛畫畫，可以把它當興趣就好呀。
你覺得呢？
今天有點累了。
我先去洗澡睡覺。

媽，這禮拜六晚上有閒嗎？
你兒子叫我來找妳一起去，他那天晚上好像有簽書會，在信義誠品。
姊
喔，我是沒事啦，但我去要幹嘛？而且他出書還沒跟我說！
週六晚上 信義區
W
怎麼這麼多人啊？真是不習慣。
會場在三樓，搭電扶梯上去吧。

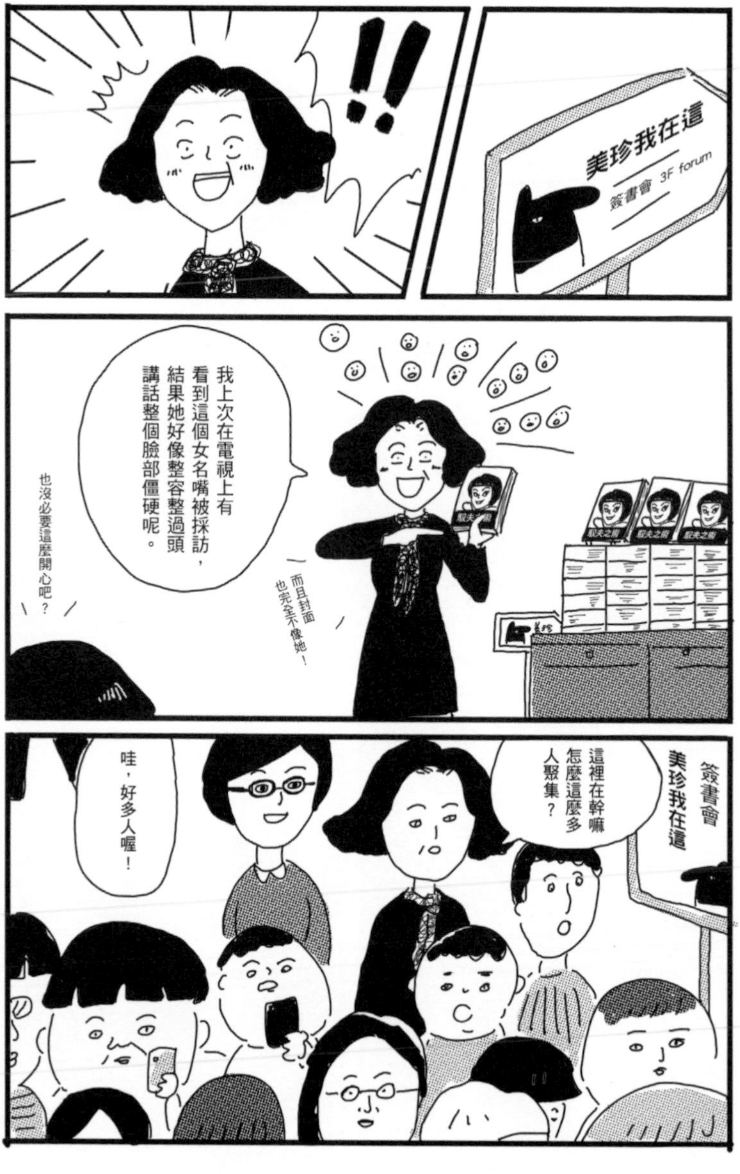
!!
美珍我在這
簽書會 3F forum
馭夫之術
而且封面也完全不像她！
我上次在電視上有看到這個女名嘴被採訪，結果她好像整容整過頭講話整個臉部僵硬呢。
也沒必要這麼開心吧？
簽書會
美珍我在這
這裡在幹嘛怎麼這麼多人聚集？
哇，好多人喔！

美珍，我在這裡！
簽書會
咦，美珍來了。

?!

那位是我母親
也就是美珍。
揮個手讓大家
看到一下。
有特別去做造型
緊張而變得
相當僵硬
啪 啪 啪
今天簽書
會，還有
一個目的
……
可以不用再
鼓掌了，
請你們回頭
聽我說話。
其實一直以來我媽
都不太知道我在做什麼，
跟她解釋也都不是很
能了解……
今天是我人生的
第一場簽書會，
而且簽書會的名稱
直接用了她的名字。
用意也是希望今天
直接請她過來這裡……

可以讓她知道……
她兒子現在有多紅！
太狂妄了吧。
啪
啪
啪
啪
啪
啪
啪
啪
啪
媽，我很好
妳不用擔心。
啪
啪
啪
啪

隔天
昨天如何？有什麼感想嗎？
為什麼不早點跟我說要跟大家揮手打招呼？早知道我就穿這件貴一點的洋裝了。
這就是美珍呀♡

05——牙齒大仙

牙齒搖搖晃晃的，好像要掉了。
兄
8歲的我
這句話，不能亂說，被聽到很危險。跟你說一個可怕的故事。
因為你是家族裡最小的小孩，這些事你可能沒聽過。家族裡有一位只要聽到「牙齒搖搖晃晃」等關鍵字，就會興奮出現幫忙的可怕人物。
那位可怕的人物，就是你的母親——美珍。
大約15年前
啊，牙齒好像有點搖搖的耶，是不是快掉了？
某個表哥
你是說，牙齒感覺搖晃快掉了嗎？來美珍阿姨幫你把它拔掉吧。
我不要～！
對了，如果你去外面給牙醫拔牙，他們都會用這個拔喔。
如果不服從還會用聽起來很驚悚的方式來說服你。

這是美珍常用的拔牙技法——門拔牙。
門
棉線
不要擔心啦，阿姨都會輕輕的很溫柔，不用怕。
啊啊啊啊
而有一次輪到你姊門拔牙。
!
沒想到在門關起來時隨即往前跳，破解了門拔牙這招。

結果美珍直接壓著她的頭，不讓她移動並直接用腳把門踹關。
後來她覺得用門拔牙實在太耗費人力，而且很麻煩……
妳不要緊張啦，這裡沒有棉線我不會拔啦。張開嘴我幫你看一下就好。
借我摸摸看你牙齒，別擔心這看起來還不用拔。
後來都假藉「借看一下牙齒啦，不會拔啦。」的名義毫無預警地伸進口中拔牙。
嗚啊啊啊啊
更荒謬的是，她還研究出一套毫無科學根據的麻醉措施。她覺得在拔牙前，用力地打病患的頭，如此一來拔牙的疼痛便會減緩，甚至不覺得疼痛了。因為頭痛會吸收大部分的感覺，拔牙的痛就會因此消失。
頭痛
牙痛
吸收
啪
啊！

你們在幹嘛？
該不會是在討論我以前的故事吧？還是……
天哪，好可怕！她是魔女嗎？
該不會你上排左側後面數過來的第三顆牙快要掉了吧？
當然我也無法倖免逃過。
成年後
來姨媽看，借姨媽看一下我不會拔啦，我只是看看而已我不會碰你啦！不然到時去外面……
居然可以從對話知道來家裡玩的姪女，正值換牙的年紀呀。

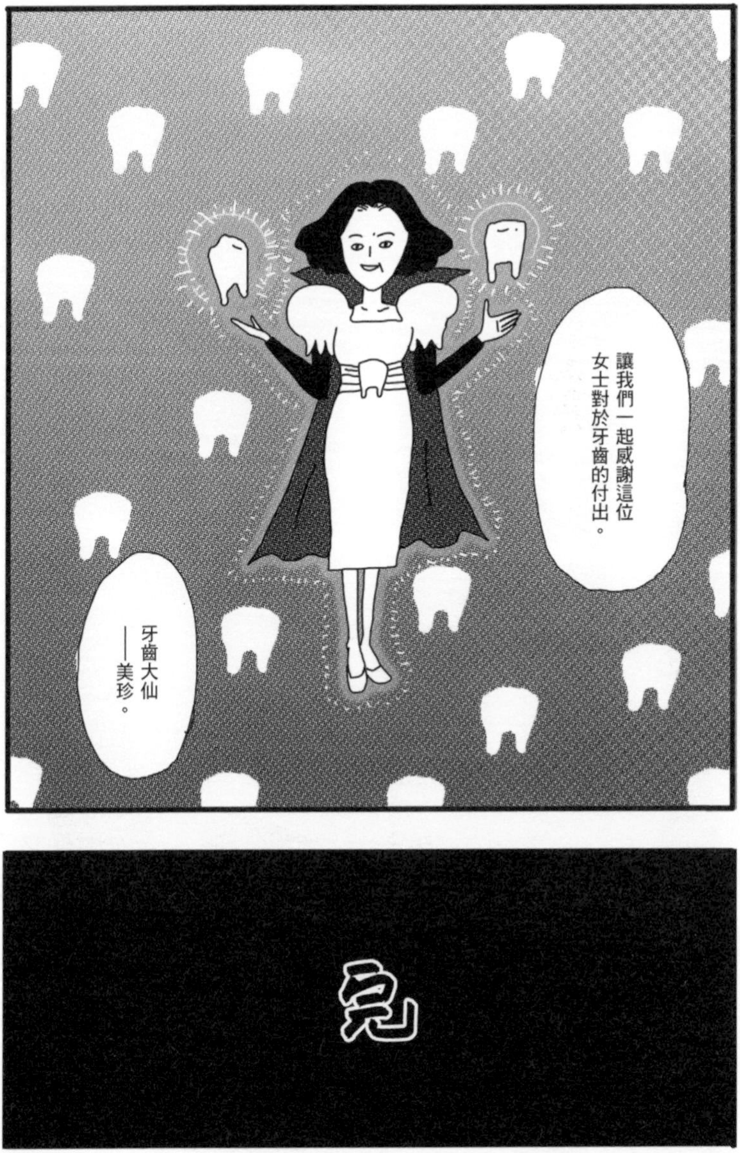
讓我們一起感謝這位女士對於牙齒的付出。
牙齒大仙——美珍。
完

2-5

牙齒三姐妹

Pola de Sisters

01——一試不回頭

你們好，我是今天來代班的電動牙刷。
什麼啊？看起來也太不可靠了吧
弱不禁風的樣子不信能清多乾淨
瞧他一副沒出息的樣子！
好強勁啊
啊
失禮了。
啊
啊
啊
二姐！二姐！我在發光！我在發光！
怎…怎麼…可能？
這是…前所未有的乾淨！
你去叫上次代班的來，回去養老吧你！
看起來就很沒用誰來把他帶走！
我現在不想看到這爛東西

02——阿舌

好羨慕妳們姐妹過著安定的生活
哪有安定啊～～！每天在這肥女旁邊！有夠擠。
阿舌，你怎麼突然這樣說呢？
我每天除了要面對無數被攪爛的食物在我眼前滑過外
還要不定期被性侵害
二姐！是唾液！是別人的唾液！
啊
啊啊啊啊啊是別人的唾液！

03 —— 一事無成的齒

我哪有胖！是旁邊有東西一直擠過來啦！
欸妳這豬母是不是又變胖了？變好擠！
過去一點啦擠死了肥妞！
喂喂喂！你這白痴，擠到我了，快點走開。
這是哪裡來的青仔叢？走開辣！
啊啊啊不要擠啦！
啊啊啊啊啊二姐！二姐是鮮血！是鮮血啊啊！
哼，看他一臉沒出息我就知道是智齒！
真是有夠多餘的存在呢。
原來是智齒啊，出生就只會惹麻煩！真是一事無成。

04

斑

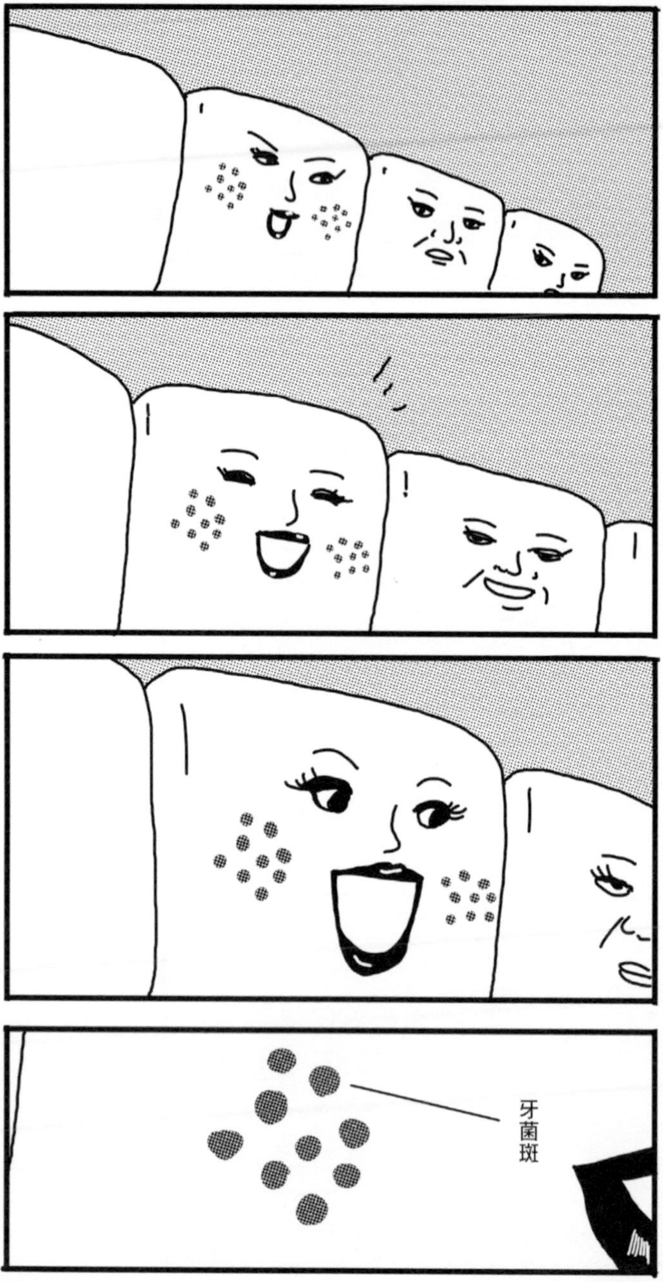

05

咳

轟隆
轟隆
又要來了，快要地震了！
好緊張啊。
咳
咳
咳
啊啊啊啊
真是太可怕了！已經是今天的第七十九次了！
到底發生什麼事啊？
啊啊啊啊啊不行這樣子！好癢啊……啊啊啊啊啊啊
懸雍垂
細菌
細菌
舌

06——安靜的鄰居

大姐大姐，我們都沒跟隔壁的阿哥說過話不如妳去打個招呼吧。
什麼啊！為什麼是我！真無聊。
嘿！老兄，你什麼時候長出來的啊？
……
……
喂喂喂！你也太沒禮貌了吧！問個問題理都不理我，你什麼意思啊！
欸我都拉下臉來跟你說話了。不要欺人太甚喔！我警告你！
吵死了
他是假牙！
是假牙！
看清楚！
好嗎！
!!!

07——平行時空

姐，這世界上不知道會不會存在另一個自己啊？好想看看的說。
怎麼可能！每個個體都是獨特的吧。
如果有世界上有另外三個我們那還得了？一定超級吵的吧哈哈哈哈哈哈哈
啊
呀
唔
每次都這樣莽撞！上排牙齒真的有夠討厭啦！
吼！真的超痛的。祝她們神經被抽！
一群青仔叢，最好不要給我遇到！
這次真的很痛！我受夠下排那群廢物了。
下排的那三顆笨齒真的很討厭，希望她們蛀掉。
真想看看她們生得什麼德性！

08——二姐的輓歌

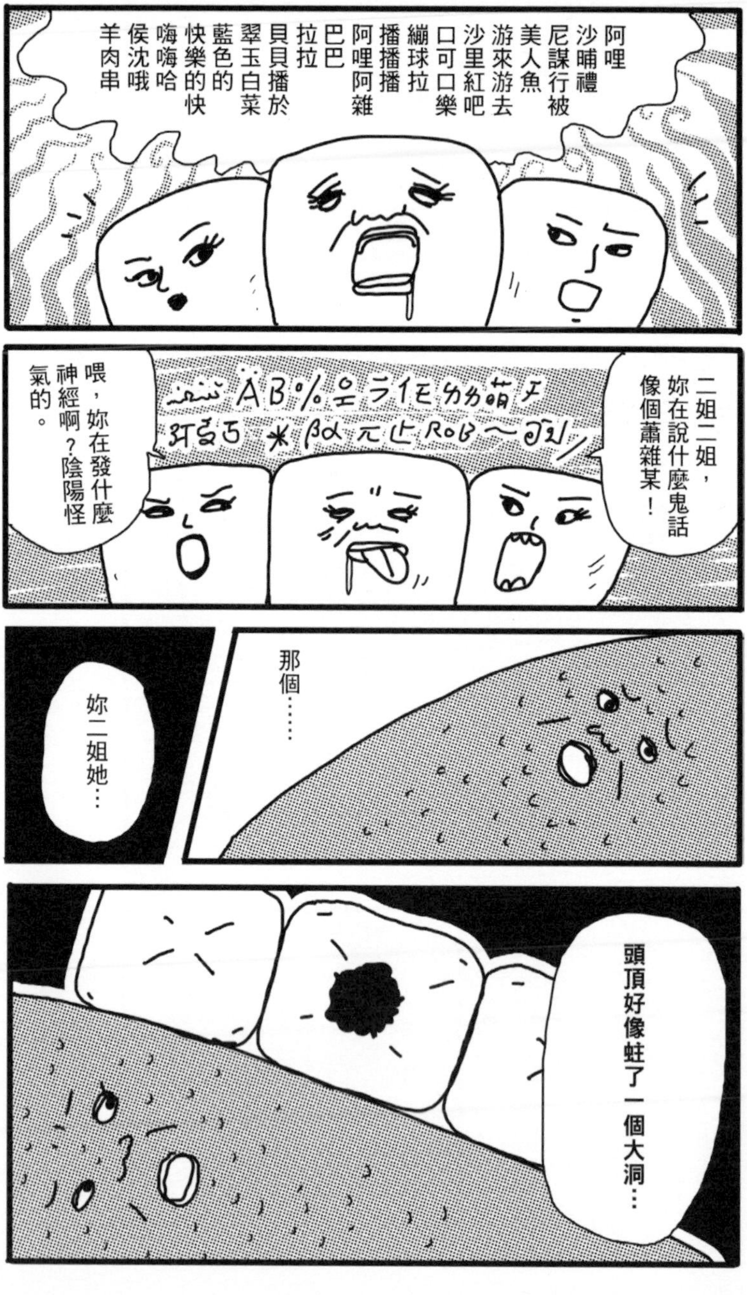
阿哩
沙哺禮
尼謀行被
美人魚
游來游去
沙里紅吧
口可口樂
繃球拉
播播播
阿哩阿雜
巴巴
拉拉
貝貝播於
翠玉白菜
藍色的
快樂的快
嗨嗨哈
侯沈哦
羊肉串
二姐二姐，妳在說什麼鬼話像個蕭雜某！
喂，妳在發什麼神經啊？陰陽怪氣的。
那個……
妳二姐她……
頭頂好像蛀了一個大洞……

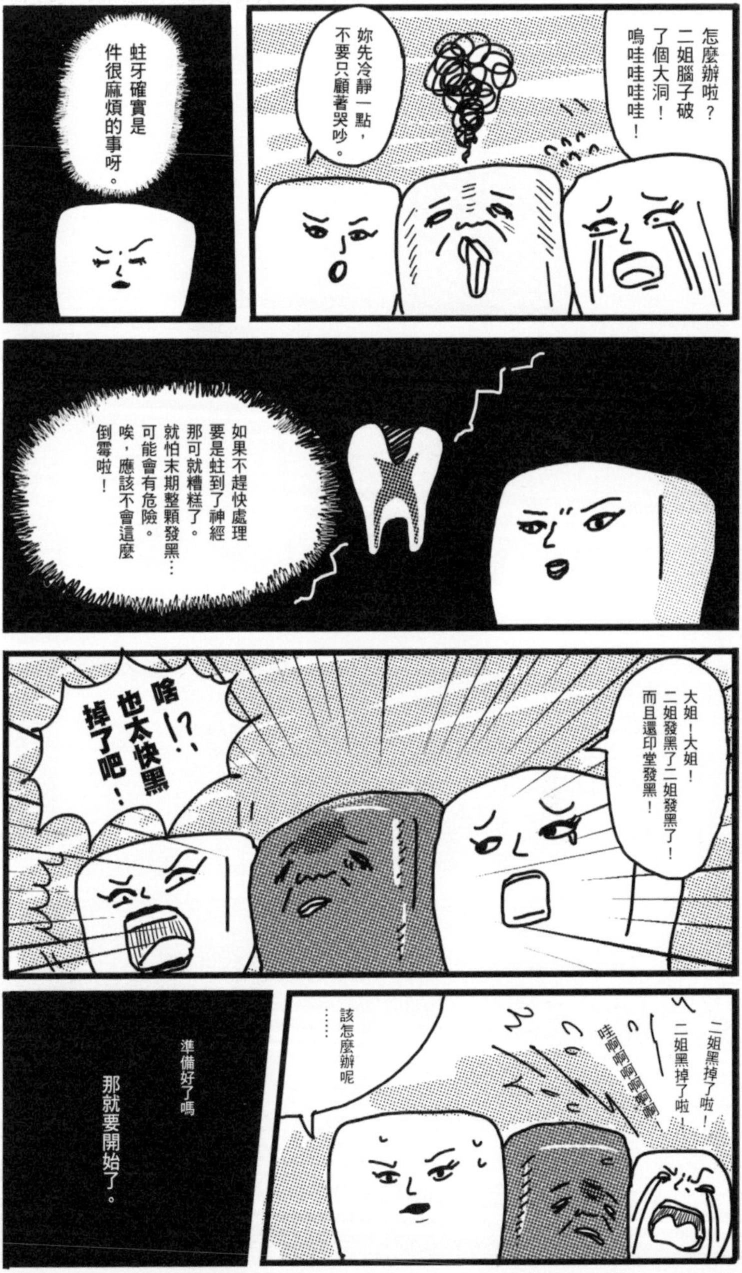

怎麼辦啦？二姐腦子破了個大洞！嗚哇哇哇哇！
妳先冷靜一點，不要只顧著哭吵。
蛀牙確實是件很麻煩的事呀。
如果不趕快處理要是蛀到了神經那可就糟糕了。就怕末期整顆發黑……可能會有危險。唉，應該不會這麼倒霉啦！
大姐！大姐！二姐發黑了二姐發黑了！而且還印堂發黑！
啥!?也太快黑掉了吧！
二姐黑掉了啦！二姐黑掉了啦！
哇啊啊啊啊啊啊
該怎麼辦呢……
準備好了嗎
那就要開始了。

剛是誰在說話？還有這什麼味道？
怎麼有這些怪煙？
Z Z Z
怎麼好睏……
小妹？
大姐！大姐
大姐，妳終於醒啦！妳高跟鞋真好看呢。
我的天哪！妳怎麼變成這樣！腿？腿？怎麼有腿？

我的腿比妳的美！
妳可以這樣嗎？
看我多靈活！
呼！
屁啦！我比妳更美，大腳新娘！
居然一醒來就在比腿美？
兩位好，歡迎來到「牙的仙地」我是這裡的領袖我是牙齒大仙，掌管這世界上所有有關牙齒的大小事務。
大姐，這人穿得好詭異喔都年紀一大把了還穿公主袖。
竊竊私語
真的耶，配上那個袖套好像是公務員下班去參加變裝派對。
竊竊私語
妳們去死吧。要死要活都妳們自己的事，我要離開了。
啊啊啊！開個玩笑啦！別這樣！
哎呀！抱歉抱歉！
最近是不是在煩惱妳們的二姐呢？
對耶，好像沒看到她在這。

妳們的二姐現在
在我這呢。
不過請妳們回答
哪一個才是
妳們的二姐
是金色二姐
還是一般二姐呢？
一般二姐
金色二姐
喔天哪，金色那顆也
太俗氣了吧！
都什麼時代了還有金牙？
對啊，誰要選
那個土裡土氣的
土豪金色二姐啊？
叫妳們選一顆牙齒
結果給我在那邊
嫌東嫌西嫌屁嫌啦
妳們真的是有夠
討人厭的啦！
啊啊啊啊！
居然生氣了
可能金色那顆昨天做很久
結果被嫌到一無是處吧。
俗氣？
土豪金？
老娘我
就是要
給妳金
牙！
真的生氣了
大姐…大姐
她要幹嘛？
呀——

來吧，我要帶走妳們！
啊啊啊啊啊啊
救命啊！
救命啊
大姐！
大姐！
是老虎鉗
是老虎鉗
啊啊啊
啊啊啊
嗚啊啊！
小妹！
希望妳能自己逃脫。
（也沒有要救她的打算）

天哪！
是「牙齒亂葬崗」！
算了，爬過去吧
我本來就是一顆踩著屍體往上爬的臼齒。
糟了！右腳被拉住……
是哪個白癡蛀牙！我被蛀牙洞卡住了啦啊啊啊啊！
氣死我了！
該死，鞋子還脫不掉！
親愛的，妳不小心看到我的收藏區了。但是很快妳也將會成為這裡面的一員。
老虎鉗！
啊啊啊啊啊啊不要啊！

完成了，這次很成功。
哇！謝謝醫生。
原本只想換蛀掉那顆
想說三顆都一起換好了，
這樣比較整齊，而且也很嘻哈呢。
大姐！大姐！
快醒醒！
二姐沒事了！
但是……
我們通通
都變成
金
牙
了啊啊
啊啊啊啊啊
完

LAIMO
meets
SEIBU RAILWAY
KAWAGOE 縁結び
小江戸蔵里
COEDO
SEIBU

PART 3

成功跨界文創合作背後 你所不知道的大小事

史上最不正經的創意經驗分享

＋揭露幕後暗黑祕辛

3-1

Cherng 的第一代 LINE 貼圖

LINE TAIWAN × Cherng

台灣角色第一人，貼圖也能絕版成為經典

合作單位：LINE TAIWAN

上市時間：2013 年 12 月

出現地點：台灣地區 LINE

合作內容：LINE 靜態貼圖

當時製作是把所有過往情緒豐沛的經典圖素全部挑出來（右圖），再慢慢篩選成 40 張（上圖）。

2012 到 2013 年時那時畫了許多生活圖文，也常常畫出很到位的心情寫照，所以不時都會收到懇求我出 LINE 貼圖的私訊，然而當時台灣都還沒有任何圖文作家的貼圖在 LINE 上面販售，所以我猜要上架應該不是這麼容易的事。我們一直努力提案要讓對方知道我的存在，也忘記過了多久終於收到 LINE 的回應了。

收到了 LINE 貼圖的 sticker guide，算是貼圖製作規範的說明書，那時因為還沒有開放給台灣地區製作貼圖的經驗，所以說明書全都是用英文寫的。我興奮地把所有製圖規格等資訊細讀一遍，再看到了最後一頁的限制規範，諸如貼圖不能出現暴力、情色或是種族歧視等訊息（這些都還可以理解），但其中一條寫著 No color is unsuitable，也就是貼圖一定要有顏色，心情頓時掉到了谷底。

這些是當時被退件的圖。

我還找了當時所有上架的貼圖，還真的都沒有全黑白的作品，主要因為當時我以黑白著稱，且堅持任何作品一定要黑白，非常擔心這次的貼圖合作無法成案。後來 LINE 台灣幫我去跟日本總部協調，說明這是我的創作風格希望能放寬標準，很幸運地對方也理解，我才得以安心製作下去。

貼圖上市當天反應相當熱烈，因為彎彎跟我都是台灣第一個在 LINE 貼圖上架的圖文創作者，我們因而獲邀參加 LINE 當年的尾牙典禮，一起加入現場的抽獎活動，還分別拿下最大獎項（真的沒套好）。

很可惜的因為敝人與前公司的問題尚未解決，所以這套貼圖版權還無法確認，目前依舊無法購買（但當初買的人還是可以繼續使用），特此告知。

我學會的三件事……………………………………

1. LINE 所有貼圖在我上架以前都是彩色的。
2. LINE 是一個在日本工作的韓國人發明，因為大地震要跟家人報平安而誕生。
3. 台灣第一個 LINE 的代言人是桂綸鎂。

3-2

大同潮家電系列

Tatung × LAIMO

本土經典品牌＋預購秒殺，獲得插畫界二姐稱號

合作單位：大同股份有限公司

合作夥伴：奇想創造

上市時間：2014 年 3 月

出現地點：台灣地區

合作內容：限量大同電鍋、吹風機、檯燈

這次的合作對我來說是一個很重要的轉捩點，雖然那時已經出了很多周邊，不過都還只是一些小商品，像紙膠帶、筆記本、杯子那類的生活小物，而這次的品項跳到了電器，不僅意想不到而且還是一個超跨領域的挑戰。

第一次到大同開會的時候討論了很多期望開發的品項，不管是果汁機、電風扇、還是新式小電鍋，最後我們決定製作讓年輕人好入手的檯燈跟吹風機，再加上一個最經典的大同電鍋，總共三樣。

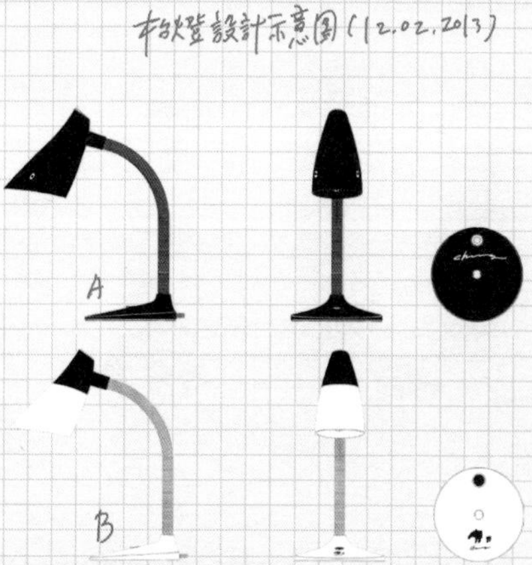

檯燈設計其實最簡單，但能變的花樣也最少，提了兩款。其實喜歡黑頭的那款，但因為黑罩會影響燈的光線，所以最終出了白頭。

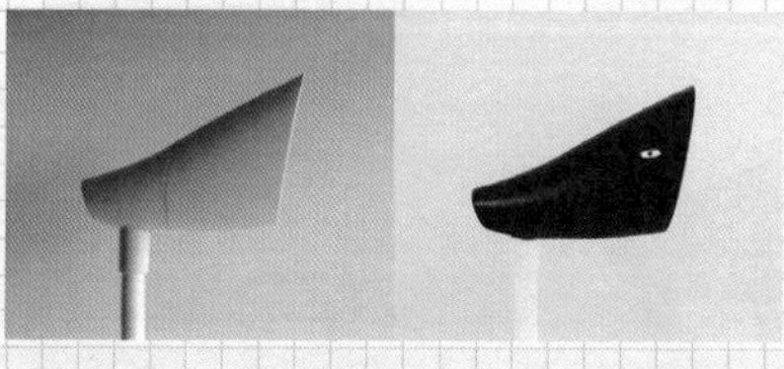

那時還自己噴成黑頭款模擬成品。

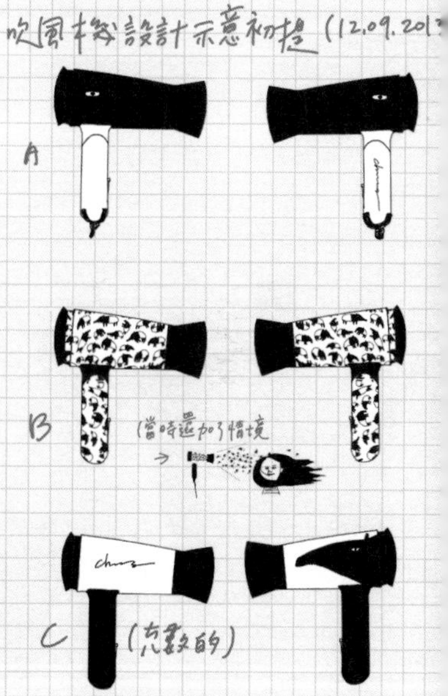

吹風機設計是當中我最喜歡的，每款都畫得很暢快。A 就是簡單大方的貘頭設計。B 設定是會吹出很多馬來貘粒子。C 雖說是充數的，但被選上也不會生氣的款式。

最後主角大同電鍋來了，慎重起見我先瘋狂提了五款草圖，結果奇想（中間的設計公司）希望能再修正一些。現在回頭看如果真的選了其中一款做出來，我是不會想買的。

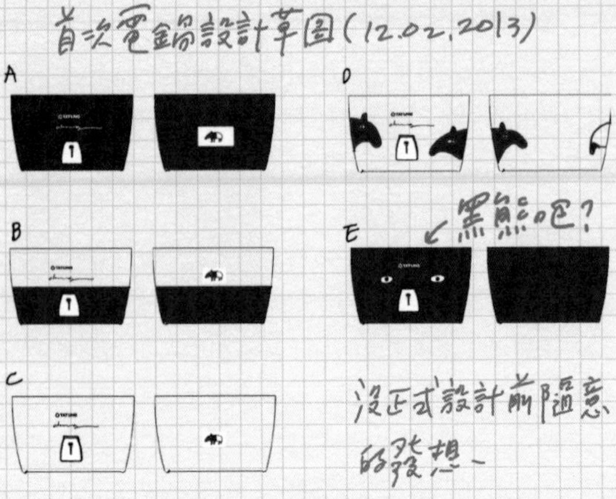

後來提了三款，兩白一黑。仔細看我當時根本只是用同一組圖去做不同排列組合，實在相當偷懶。因為 A 跟 C 很多人都喜歡，所以實際商品出 C，復刻小電鍋的贈品印 A，實在是兩全其美。

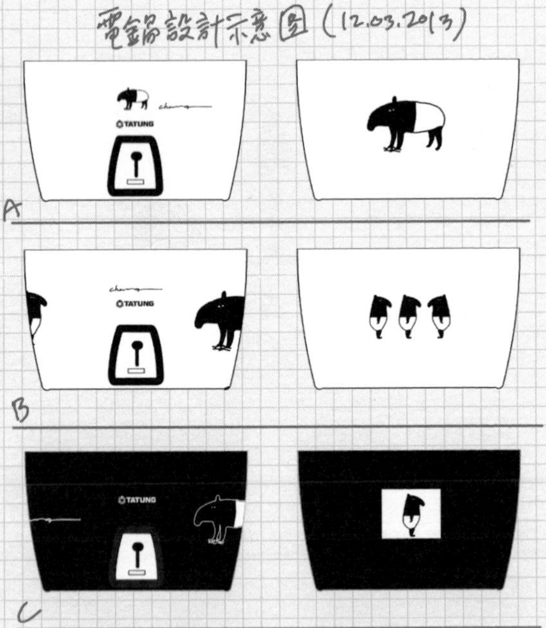

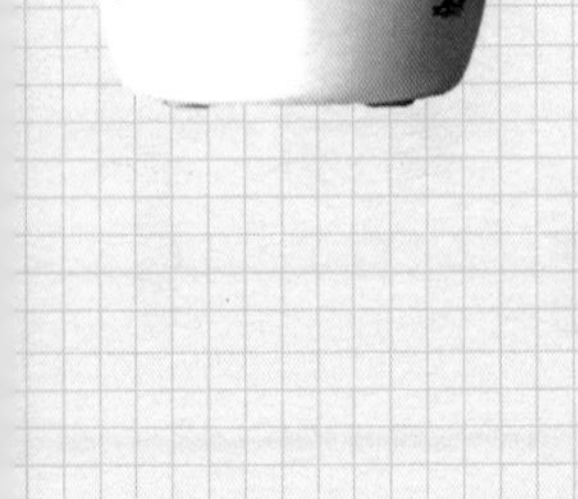

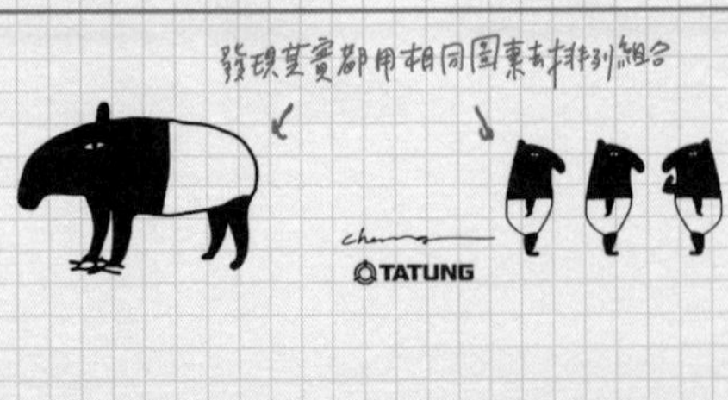

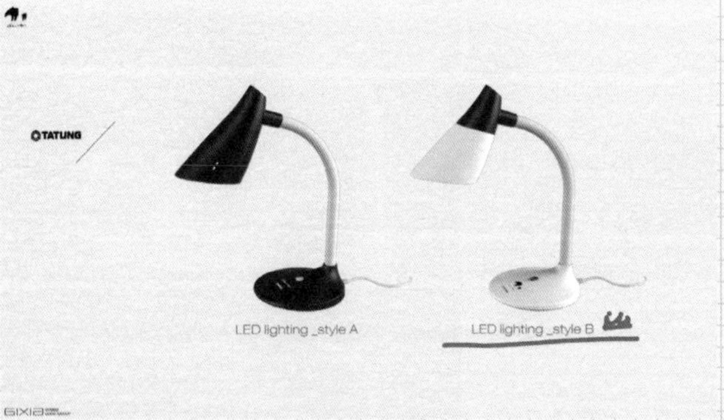

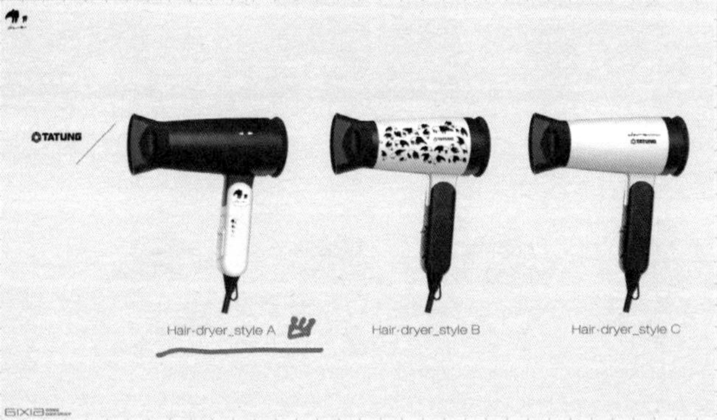

奇想後來將我的設計全部合成 3D 圖，令我十分震驚，因為這真的是跨領域的設計才做得出來的東西呀。（取自 2013 年 12 月 18 日奇想創造之大同潮家電產品應用簡報）

奇想做了一隻很有話題性的影片，先把我出的那三樣家電全部漆成白色，再用投影的方式把來貘跟大同寶寶映在上面互動，最後黑幕拉下是我完成的三樣潮家電。（網路上都還有影片）

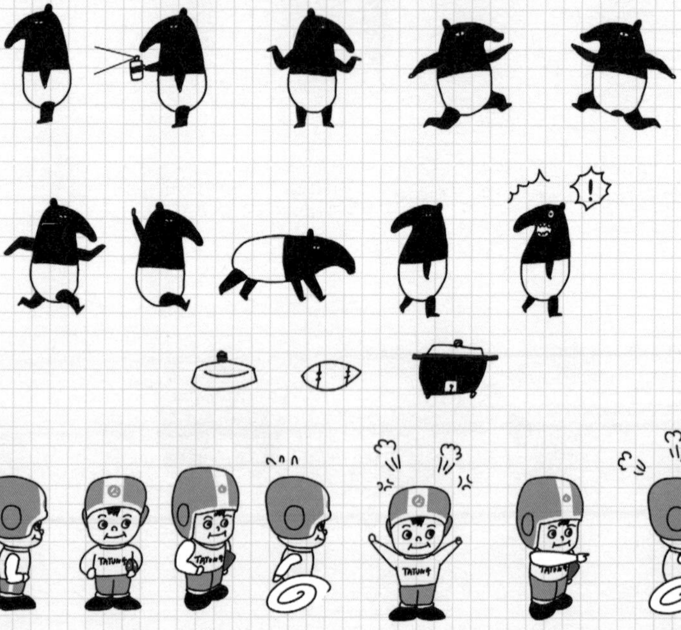

當時提供給奇想製作的圖素，馬來貘與大同寶寶。

至今都還會有初次見面的朋友跟我說「我都買不到你的電鍋耶，當初都沒有搶到，還會再出嗎？」這類的言論，畢竟那時限量兩千個電鍋在一小時內賣光。而我也因此奠定了「插畫界的江蕙」之江湖地位（江蕙的演唱會門票總是秒殺）。我一直很感謝這次的合作機會，接觸到我從未碰過的工業設計這塊領域，也體驗了很多不同的人生經驗（像是在東區舉辦簽鍋會），最重要的是也證明來貘有很多驚人可能性。

我學會的三件事

1. 電器的電線都有黑白之分，且有不同含意，但很遺憾我一直想不起來差別是什麼（拳打腳踢）。
2. 大同寶寶原來是橄欖球選手。
3. 大同電鍋原來這麼好（萬）用。

3-3

好運台北城系列活動

The Taipei Metro Dongmen Station × LAIMO

台北捷運東門牆面，初登場成話題，新聞體質嶄露

合作單位：台北市觀傳局

上市時間：2014 年 5 月

出現地點：台北市東門捷運站

合作內容：捷運月台壁畫裝置藝術

好運台北城系列活動當時找了五位藝術家，每位各自要負責一個捷運站做裝置藝術，畢竟插畫家的強項不是立體造型，所以我選擇了牆面壁畫作為我的裝置。

至於壁畫主題則是以滿滿的馬來貘做出強大氣勢，在馬來貘群中還藏了一些永康街美食來跟主題相互應，包到電梯那面的圖像還特地設定成老弱婦孺區，希望增加一點博愛精神在這作品裡頭。壁畫的其中一面上頭寫著大大的「東門」二字，靈感來自我第一次去香港搭乘「港島線」地鐵，發現每一站月台上都用獨特的書法寫出站名，覺得這不僅能融入當地文化色彩，整體看起來也相當有質感，所以便效法了這個做法。

融入東門站周邊特色的字體設計與圖像。

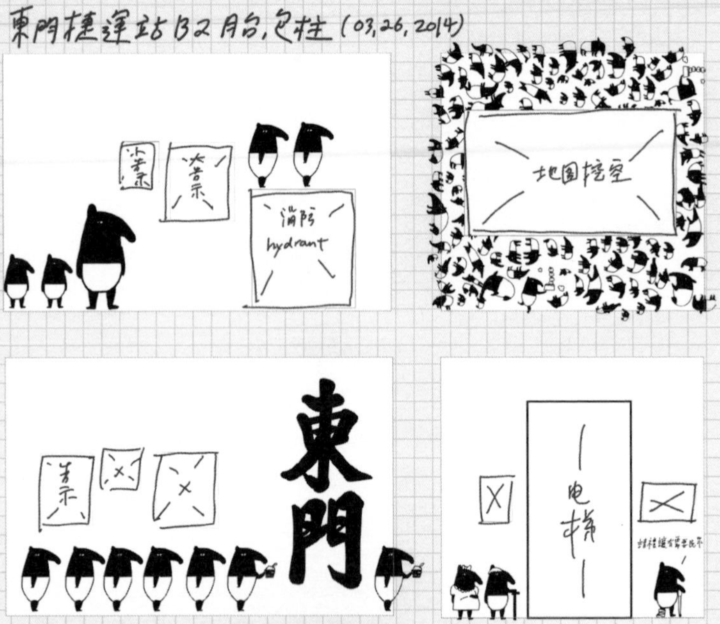

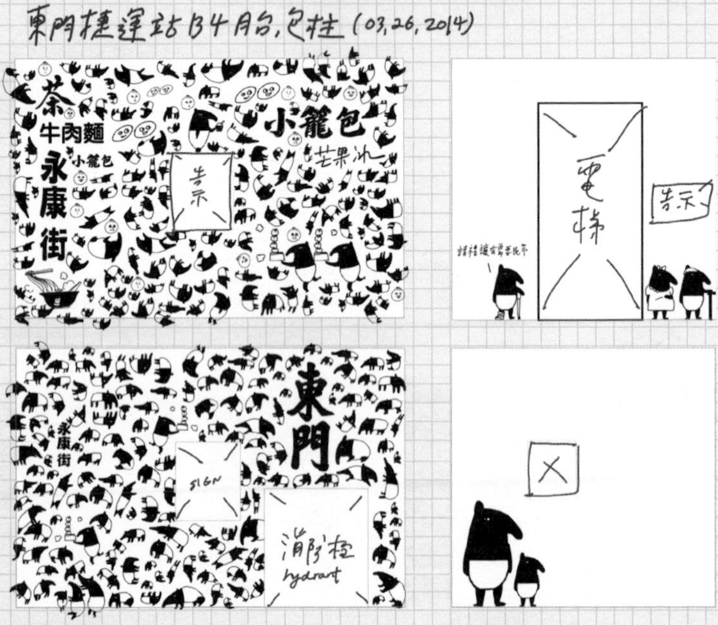

當時的設計圖，記得沒做太多修改就直接通過了。

原本私自希望將原本的指標也改成我的設計圖案，不過警告標示得要嚴肅一點，因此客戶希望不要更動。

另外還發生了一件插曲，就在完工那天，客戶希望我能在上面簽名落款，當然也很開心地在空白處簽了一個大大的 Cherng 配上來貘圖。也許當時內部沒有溝通清楚，結果沒過幾天我的簽名就被清潔人員給擦掉了，這件事還上了新聞。事後對方希望我回去再補簽一次，但我覺得被擦掉的簽名比簽名更有意義，所以就沒再回去簽了（最前面那張照片的東門二字旁邊，有點灰灰的地方就是當時被擦掉的痕跡）。

簽名被擦掉前（後）的樣子。

我學會的三件事

1. 捷運月台的牆高是 288 公分，寬是 450 公分。
2. 捷運月台內部施工都要在半夜三四點以後。
3. 捷運清潔人員都相當盡責。

3-4

飛向臺灣，跟著馬來貘去旅行
《旅行台灣，就是現在》特展

Taiwan Visitors Association HK Office × LAIMO

香港誠品銅鑼灣店展出，打開國際知名度

合作單位：交通部觀光局駐香港辦事處

上市時間：2014 年 7 月

出現地點：香港誠品銅鑼灣店

合作內容：展覽空間裝置（大圖輸出與彩繪牆面、大模型彩繪飛機展示）

當年第一次出國就是去香港，雖然只利用匆匆八小時的轉機時間快速遊覽，但對香港這座別具特色的城市印象非常深刻。2014 年接到台灣觀光局在香港辦公室的合作邀請，希望我能透過展覽的方式招攬更多香港人來台灣玩，我感到非常期待。

展覽在香港極熱鬧的誠品銅鑼灣店舉辦，裡面有個空間可以任我自由發揮，我覺得既然是台灣觀光，那就把台灣各地有趣好玩又具特色的事物畫成一大幅視覺，然後再輸出放上整個牆面，既有藝術感又兼顧實用性，而且很氣派大家都會搶著拍照，想想還真是個划算的做法啊！

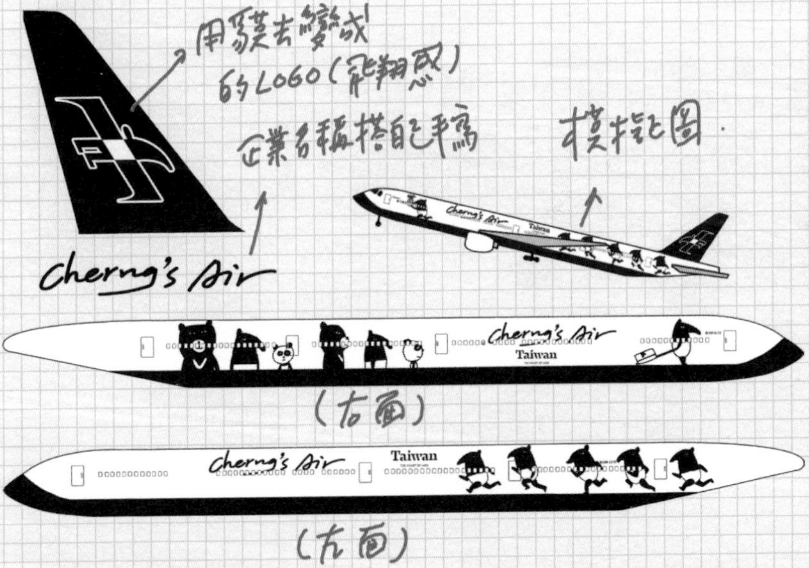

這個展物是一架 1:50 立體的 777 — 300ER 模型飛機（意思是非常大），身為飛機迷的我，居然莫名用心在這個展物上，還花了不少時間幫它做 LOGO，應該只差空服員制服沒設計出來而已。而出現這架飛機的含義是希望大家看完展後，就直接搭飛機去台灣了（然後完全沒講機身圖畫的部分）。

我花了大概一週時間完成了這張精彩的「台灣來貘上河圖」，除了將各地大大小小的事物都用圖畫呈現，還特別為每個地名設計不同字體，像是台北是個都會就用黑體呈現，台南是座古城所以用了書法字，花蓮和台東有比較多傳統原住民文化於是用了木刻感的字體。

展覽空間是一個「ㄇ」字型，「台灣來貘上河圖」用了其中兩面，第三面則是手繪牆，而這面牆的主題規劃要將香港與台灣的文化結合。我曾說過我愛香港街頭奔放的招牌，搭配傳統師傅的手寫字體或是霓虹燈管，是一個專屬於香港的文化，很有地方味道，所以設計這面牆的概念是在香港招牌外框放入台灣內容物。當時我們（我請了 SECOND 來幫我一起畫）花了至少十個小時在畫這面牆。

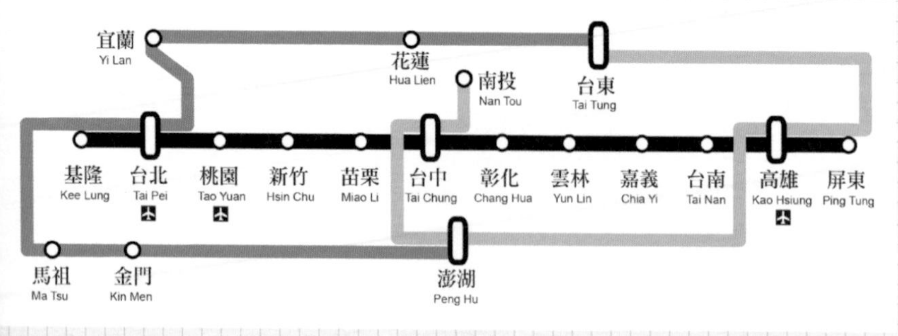

當時的地板上貼有這張「台灣地鐵圖」，我把台灣各縣市用香港人熟悉的港鐵地圖方式畫出，呈現各縣市間的地理位置，除了容易理解也透露台灣縣市間的交通其實相當方便。

完成的壁畫照，因為請了 SECOND 來協助，所以也置入爽爽貓。

當時不小心寫錯字
臨時改寫成對方的粉絲團
（小聰明）

我學會的三件事

1. 香港人對台灣有很獨特的情誼，觀光局在全世界各地的辦公室都很努力地在推廣台灣。
2. 港鐵的字居然是宋體（一直以為是明體），招牌很多是魏碑體。
3. 原來大型飛機模型可以在廣州訂做。

3-5

五月天〈歪腰〉官方 MV 馬來貘版

Mayday × Cherng

首度與亞洲天團合作，投身動畫 MV 製作亮眼

合作單位：相信音樂

合作夥伴：8ID Studio

上市時間：2015 年 1 月

出現地點：華語地區

合作內容：〈歪腰〉MV 插畫

這是五月天的《第二人生》專輯中最後完成的一隻MV，我實在是不知哪輩子修來的福氣可以參與合作。這案子是我目前遇過時程最久的一個，記得第一次洽談是在2013年底，因為中間有許多事情需要討論而未執行，直到2014年四月才正式動工，我繪製完所有圖素大概是五月，而後期製作成完整影片差不多是七月，最後終於在2015年一月正式發布，真的是好事要多磨啊～

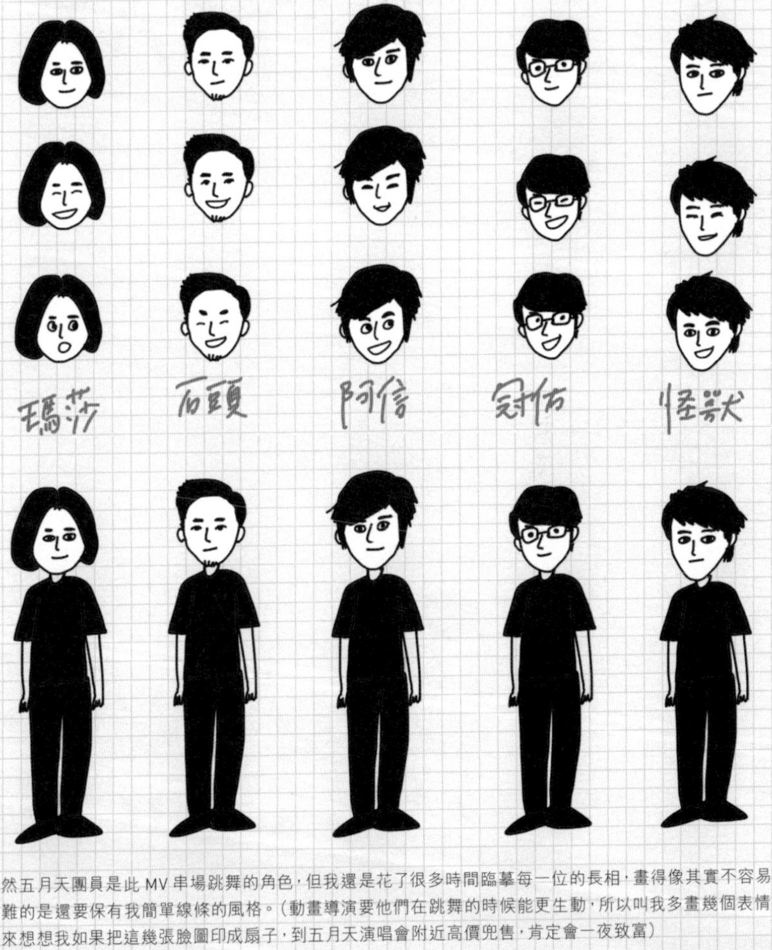

雖然五月天團員是此 MV 串場跳舞的角色，但我還是花了很多時間臨摹每一位的長相，畫得像其實不容易，最難的是還要保有我簡單線條的風格。（動畫導演要他們在跳舞的時候能更生動，所以叫我多畫幾個表情。後來想想我如果把這幾張臉圖印成扇子，到五月天演唱會附近高價兜售，肯定會一夜致富）

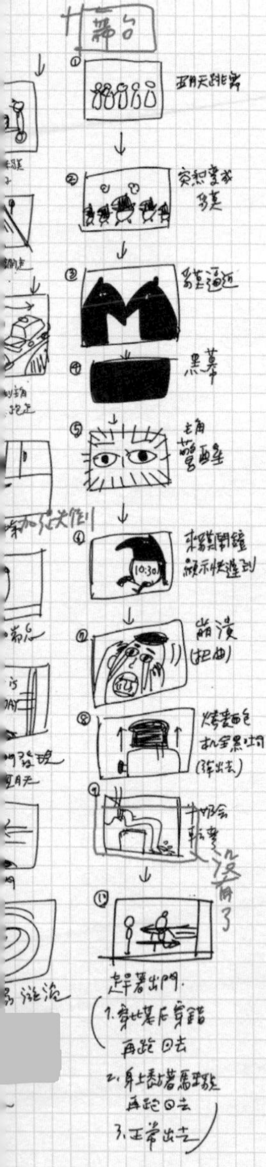

片頭五月天的標題手寫字。

製作期間有跟導演團隊開過一兩次會，我負責的部分是畫圖素跟腳本，不過當時我對於 MV 的劇情安排走向都非常陌生，因為還需要搭配歌曲、歌詞，才能有畫面跟腳本，有了畫面之後還要對上歌詞的時間點，是一個相當龐大的工程。所以那時導演提了很多方向讓我參考，在正式版出現前其實有很多版本的荒謬劇情，後來大家一起東加西減，才演變成今天這部 MV。

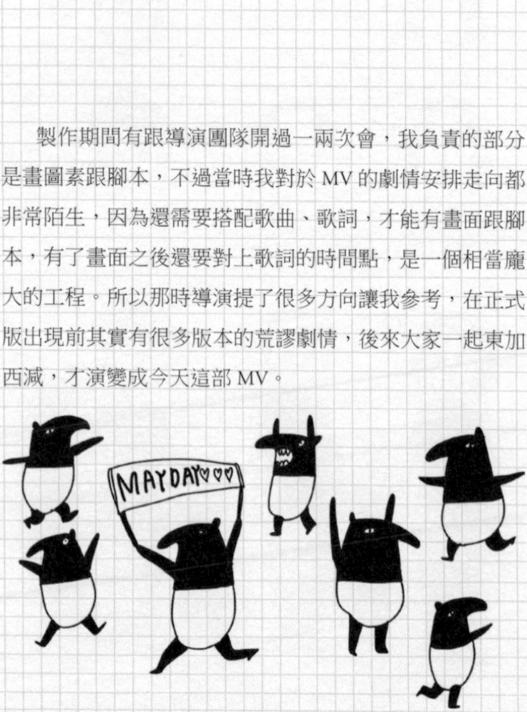

動畫導演需要五月天粉絲版本的來貘，結果沒用到（氣）。

我畫的分鏡腳本草圖，可以看出右邊很謹慎地在畫每一格，到了最左邊就能感受到我氣數將盡的情緒。紅字部分是最初提的腳本，但最後成為動畫時出現變動的部分。

當時交出去的圖素，我選了幾張有趣的畫面，可以對照看看和正式 MV 的差異之處。我非常讚賞動畫導演，當時我不諳動畫製作流程和所需元件，所以很容易缺東缺西，結果導演都幫我補齊缺的東西，甚至包括部分場景。整支影片出來後，我很驚訝完成度竟然這麼高，動畫導演真是功不可沒啊！

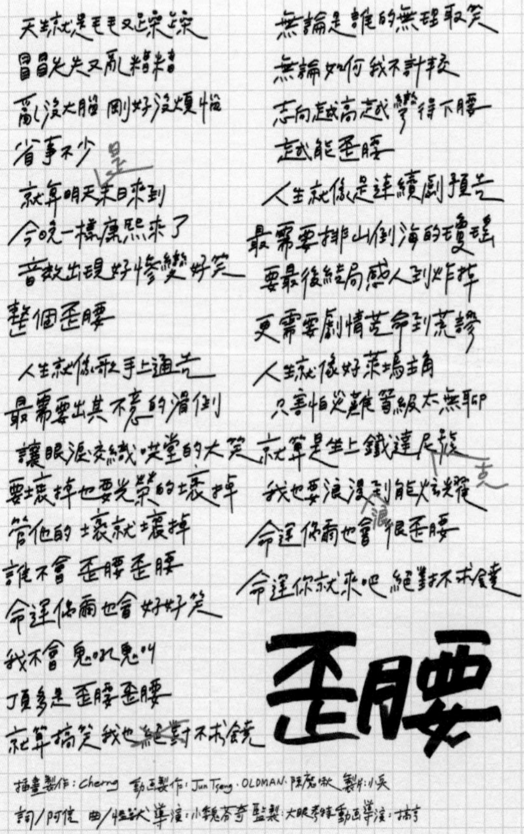
天生就是毛毛又躁躁
冒冒失失又亂糟糟
亂沒大腦 剛好沒煩惱
省事不少
就算明天是末日來到
音樂出現好慘變好笑
整個歪腰
人生就像歌手上通告
最需要出其不意的滑倒
讓眼淚交織哄堂的大笑
要壞掉也要光榮的壞掉
管他的 壞就壞掉
誰不會 歪腰歪腰
我不會 鬼吼鬼叫
頂多是 歪腰歪腰
就算搞笑我也絕對不求饒
無論是誰的無理取笑
無論如何我不計較
志向越高越彎得下腰
越能歪腰
人生就像是連續劇預告
要最後結局感人到炸掉
更需要劇情苦命到荒謬
人生就像好萊塢主角
我也要浪漫到能炫耀
命運你就來吧 絕對不求饒
歪腰
插畫製作：cherng
詞／阿信

MV 還有一項精神就是字幕，當然要用我自己的手寫字啊，我的字這麼漂亮。

我學會的三件事

1. 好事多磨。
2. 石頭變很帥。
3. 瑪莎戴上無框眼鏡會變蔡英文。

3-6

中國信託酷玩卡

CTBC Bank × LAIMO

登上金融業殿堂，創造與聶永真 PK 之路

合作單位：中國信託商業銀行

上市時間：2015 年 7 月

出現地點：台灣

合作內容：酷玩卡卡面授權設計、辦卡禮、整體宣傳廣宣

金融業一直是我想合作產業的夢幻清單之一。剛出社會我去銀行開戶，得到一本存摺與一張金融卡，後來看到存摺跟卡面的設計太醜，隨即辦理退戶（這是開玩笑的），所以一直想要改變這個狀態。

說到這很想分享一個八卦小故事（畢竟這也不是什麼勵志書）。就在我名氣逐漸攀升時，某家知名銀行找我合作，說想推出一張貘的信用卡，這不就是我夢想中的合作案嗎？於是我到那家銀行總部討論合作細節，也開過幾次會，後來提案人卻說因為長官對我不熟悉，提案一直僵持不下，而他也無法說服高層，表示希望我能先在 Facebook 發文測試人氣，如果達到一定數據才肯繼續合作。

雖然這是我一直以來都想合作的案件類型，但和經紀人討論後決定推掉這個案子。並不是害怕自己無法達標，而是這麼重要的合作案，對方卻對你不了解也不願意信任你，還得要靠測試數據的方式才肯繼續合作，其實對創作者來說相當不尊重。如果是建立在這種不平等的合作關係之上，那不如就算了吧（依照經驗如果繼續肯定會有更可怕的事情發生）。

在婉拒後沒幾個月，經由朋友推薦和中國信託接觸，中國信託對貘信用卡的提案很有興趣，也直接答應合作（只能說他們實在很有品味）。我很感謝中國信託對我的信任與尊重，合作過程相當順利也很愉快，不管是話題曝光度、發卡數量與禮品兌換數量也都表現的非常好，算是交出了一張漂亮成績單，而那間原本要找我合作的知名銀行，看到這些肯定會在辦公室裡直跳腳吧（半澤直樹瞪）。

卡面設計的部分，我一共提了兩次。人生最奇妙的就是這樣，自己最滿意也花最多心力的是 1 跟 3，也擔心著如果選了其中一個捨棄另一個有多可惜，結果最後決定是第一次提案的 2。（下圖）

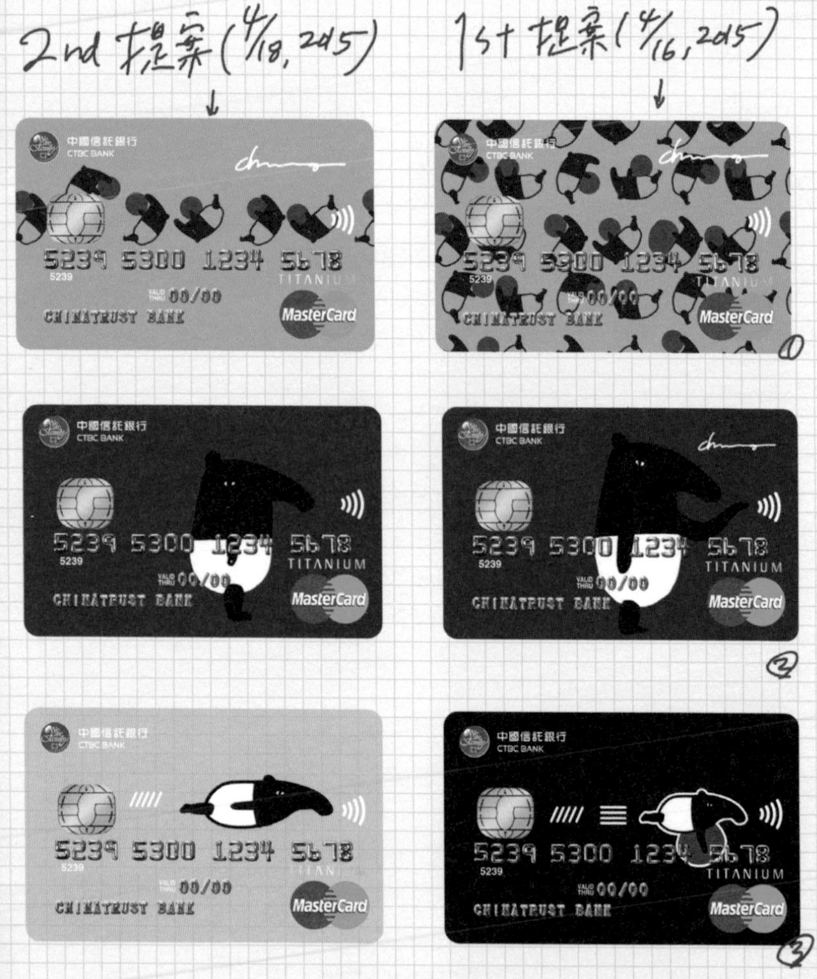

第一次提案還需要修改，至於當時說要改什麼我也忘了，身為插畫界阿信（是日本那個阿信）還是認份地修改了。而生了另外的三款，其實就是從原本的三款下去細修。

第一次交出的提案，因為對方人很好，所以做了三款讓他們挑。1 概念是一群貘玩紅球（紅球是中信的 LOGO）；2 是為了讓畫面平衡好看有的折衷版；3 黑底搭配飛翔的貘，為了搭配卡面的感應符號而多畫了一些符號搭配，產成有趣的對比和節奏感。

設計卡面畫了很多沒用到的貘。

刷卡禮也是吸引人原因之一，這是當時討論度極高的貘燈。

我學會的三件事

1. 不急著答應條件不好的合作，有更好的會在後面等你。
2. 信用卡設計直式比橫式還要麻煩許多，需要特別申請才能製作。
3. 不要期待客戶會選擇哪一個提案，因為你最不期待的永遠都會被選中。

3-7

森永來貘子

TAIWAN MORINAGA CO., LTD. × LAIMO

驚天動地大街小巷，改變食玩公仔市場

合作單位：台灣森永製菓股份有限公司

合作夥伴：研達國際股份有限公司

上市時間：2015 年 12 月

出現地點：台灣有賣零食的商店

合作內容：森永巧可球食玩（馬來貘杯緣子）

不太敢說是台灣第一個做杯緣子的角色，不過應該是台灣第一個用杯緣子當食玩贈品的角色。不管如何，能讓自己創造的角色變成立體小玩偶，相信是很多創作者的心願之一啊～～而叫「來貘子」是取馬來貘與杯緣子之意，故叫做「來貘子」。（囉唆）

雖然在做之前充滿鬥志又很興奮，但實際開始執行當下就卡住了。杯緣子的設計實在需要面面俱到，除了立體造型要顧好外（從平面到立體需要花一些心力轉變），還得考量它是否可以在杯子上掛得好，又再加上來貘身肥肢短，動作又更侷限了。所以當時苦惱了一段時間。

第一次草圖出來時就可看出我相當吃力，有些動作甚至無法掛在杯子上，現在看來真覺得何以稱得上是杯緣子？將草圖交出去後，負責製作的玩具公司把兩個動作打掉：分別是「抬腿」和「地毯般癱軟」。老實說我忘記為什麼被打掉，但身為插畫界的阿信（是日本那位吃苦耐勞的阿信，一再強調），我依舊無怨尤地將那兩隻修改成最後定案的「癱軟」和「下腰」（而且兩款也都無法掛在杯子上）。

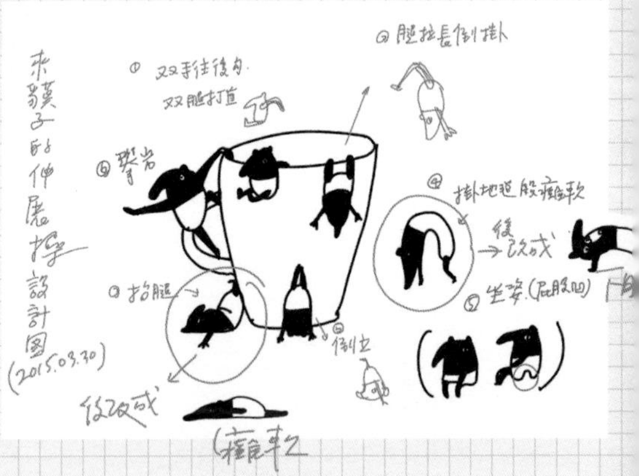

玩具公司送來的三視圖，居然可以把我的草圖整理成這麼有系統。而灰色部分是我當時給對方的修改建議，現在看起來真像是個嫌東嫌西的惡婆婆（上一句不是阿信嗎）。

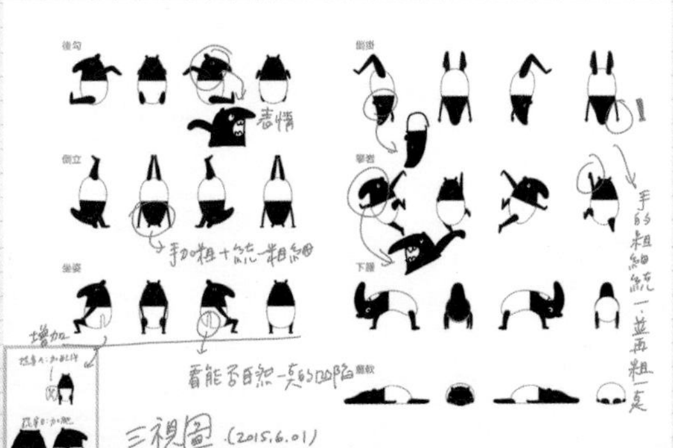

大學是設計系的學生，其實有些合作會很在意產品包裝（甚至勝過產品本身，這樣對嗎？！）。當時開會就提出希望能自己設計包裝，因為看他們過往推出的產品，覺得都是比較符合大眾市場的設計（說得好委婉），我希望能放更多自己的風格和元素在上頭。

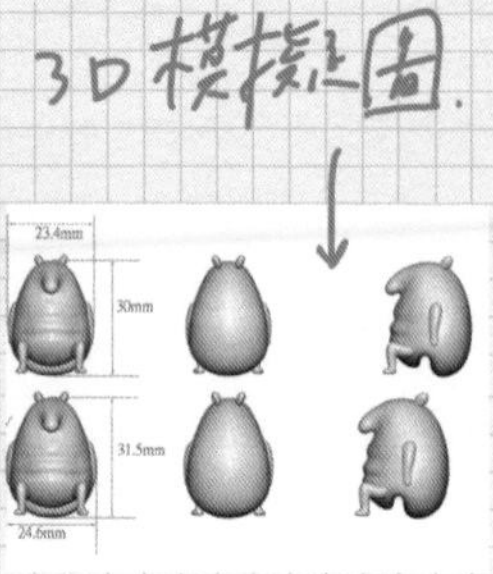

老實說我覺得這顏色真不討喜？
（但這只是素模看形狀而已）。

這是包裝的完成品，也是現在市面上看到的包裝。我希望自己的風格可以更多一點，所以顏色上不能有過多色相（以前更嚴格只能黑白），所以就很精確地使用粉紅色點綴，也讓畫面看起來活潑一點。再加一點我的手寫字，就變成誰也無法取代的包裝了。雖然不是說超級美但至少舒服討喜，只能說是一個剛好走在藝術與商業之間灰色地帶的包裝設計啊。

左邊是我第一次提的包裝，當時想走簡約大方風。被說太無聊（現在看也覺得真無聊）也希望多一點食品的元素在裡面而被退件。右邊是二次修改，加了貘在玩草莓球跟食品的標準字。但廠商希望能再開心活潑一點。

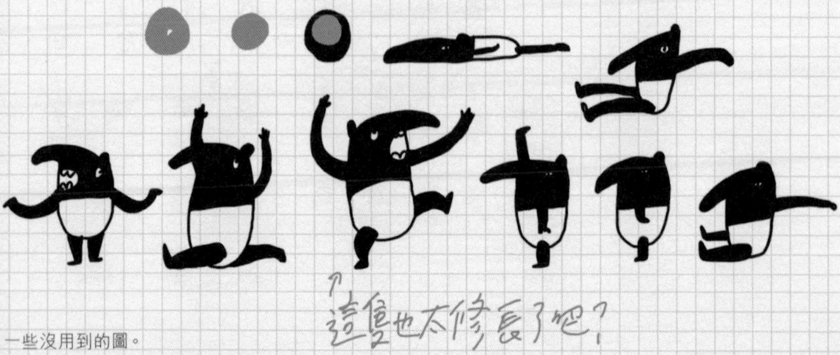

一些沒用到的圖。

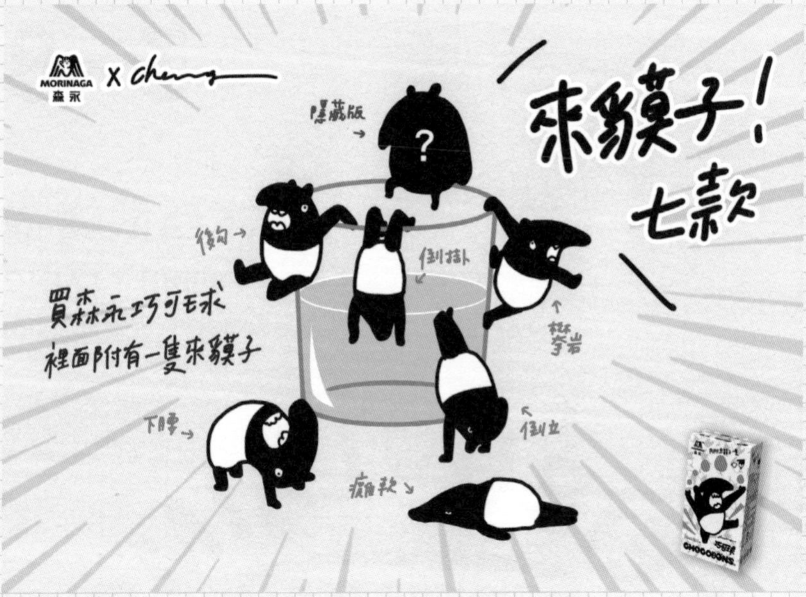

當時發在粉絲團宣傳的圖震驚了社會。

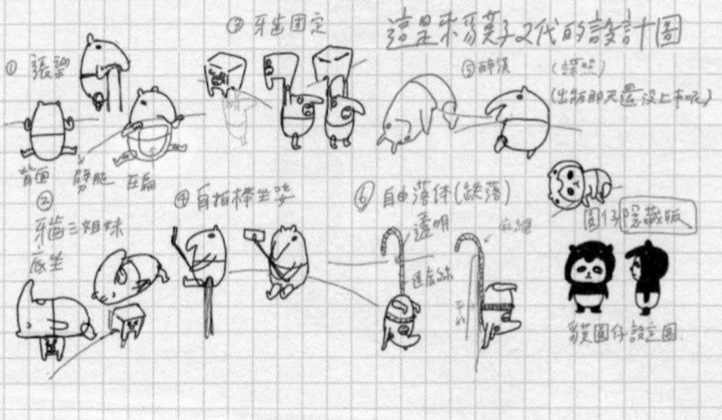

這次合作獲得很多建議和回饋，來貘子二代在設計上頭也出現更多新的想法。除此之外也有人一直私訊給我說第一代糖果很難吃，但這真的不是我的問題呀我也盡我所能去跟廠商說了，相信會改進第二代口味。

我學會的三件事

1. 杯緣子設計需要很多面向的考量（好看可掛看起來又得合理）。
2. 包裝上杯緣子的圖示不能用編號，不然會被客訴。
3. 多數人不是很喜歡草莓口味的巧克力球。

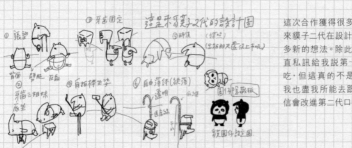

3-8

日本西武鐵道

SEIBU × LAIMO

西武鐵道 LAIMO 彩繪主題電車，進軍東洋市場

合作單位：西武鐵道株式會社

上市時間：2016 年 11 月

出現地點：日本東京西武線，西武新宿站－本川越站

合作內容：西武鐵道主題式宣傳（觀光地圖、贈品兌換、電車動畫）彩繪主題電車

得知有可能跟日本西武鐵道合作的當下，覺得應該只是同事在跟我開玩笑，結果再三確認後發現日方真的有提出此計畫，不過當時情況不明，所以對於合作其實沒有抱太大期待（悲觀主義份子），畢竟他們上一檔的合作是跟卡莉怪妞，再上一檔是 Hello Kitty，我雖自詡為國際知名插畫家，但應該還輪不到我到日本撒野吧。直到後來確定了合作，才真正感受到我居然接了一個這麼大型的合作案（喜悅），至今我還是覺得很不可思議啊。

LOGO

案子開始需要設計聯名 LOGO。記得上一次做 LOGO 應該是大學三年級（約莫六年前），那是一堂「企業識別」選修課的課堂作業。西武鐵道希望這次的主題是「緣」，所以提供了一些象徵緣分的「繩結」元素給我參考，希望能融入在 LOGO 的設計當中，既要結合來貘跟火車還要做出緣分的感覺。

當時提案的草圖，最後主要 LOGO 採用了右圖，不過左圖後來也應用在其他地方。

對方完稿後的地圖與封面。

當時運用在地圖中的元素，裡面有很多川越市的景點，為了搭配日本風格，也嘗試了不同畫風。

觀光地圖

這次合作有很大部分是要推廣川越市的觀光，所以會出一張有許多 LAIMO 元素的地圖。其中封面那台飛躍的「2000 系電車」讓我卡了最久，第一，硬體的東西，例如車子、建築那類比較理性的物件，我不常畫也比較不擅長；第二，要畫出電車的底部，是說哪個平常人可以輕易畫出來？而且現在台北鐵路都已經地下化很久了，要看到火車都很難了，更何況還要畫出它的底部。所以請了日本同事找來火車模型的照片給我參考，最後才勉強完成。

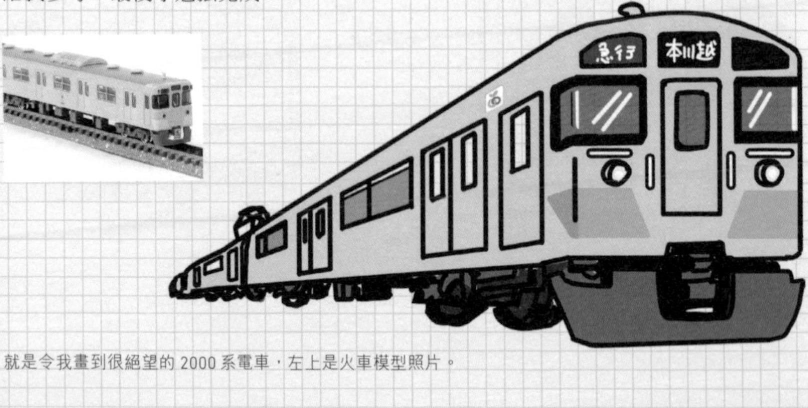

就是令我畫到很絕望的 2000 系電車，左上是火車模型照片。

電車動畫

　　最後還有個令我瀕死的一個項目就是動畫。會瀕死都是因為太高估自己的製作速度了，已經知道截稿的那一週人會在東京，還不知要早點動工，最後搞到截稿前一小時才完成工作，言下之意就是我在東京有紮實的一週都在電腦前趕稿（但也因為這樣，覺得畫出來的風格很日本？）。我們的動畫有分工合作，我負責分鏡、場景物件的繪製，日方負責動態與音樂。

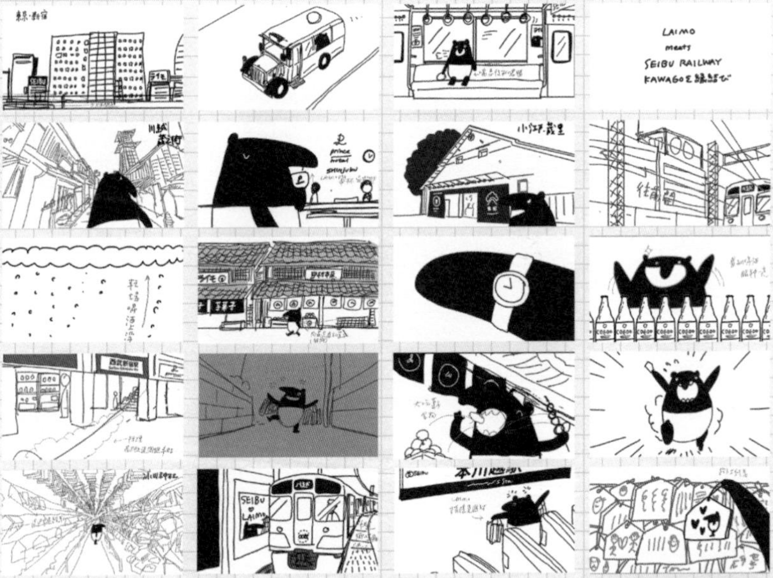

我初次提的分鏡腳本，主要劇情是 LAIMO 從東京到川越玩的經過，並帶到美景與有趣的事物，但因為一開始是設定 LAIMO 慌張地跑入車站，但車站內不鼓勵大家奔跑，所以修改成漫步進入。

這次的風格設定想了很久，最後決定用不同以往的日式動畫風格呈現。其實對我是一大挑戰，平常大多黑白簡單線條創作，突然要畫精細又多彩的場景，這費了我不少心思，這感覺有點像是平常是英文饒舌歌手，但唱歌比賽卻以抒台語情歌應戰一樣的感覺。但這些考量都是為了可以清楚傳達當地美景所做的決定，也好險成果我自己很滿意，畫完也奠定了台灣宮崎駿的基礎。（自己說）

這些都是在動畫裡出現的元件，
有些單獨拿出來也滿好看的。

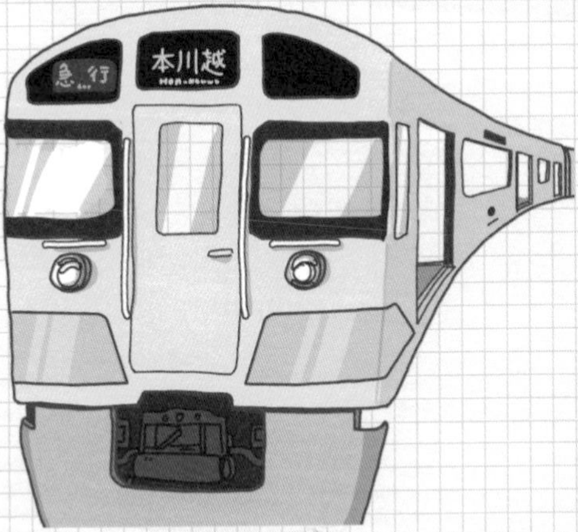

做動畫有些元件可以不用
全部都畫出來♥

ハ、、、、、、、、、、下面是空的、、、、、、、、、、

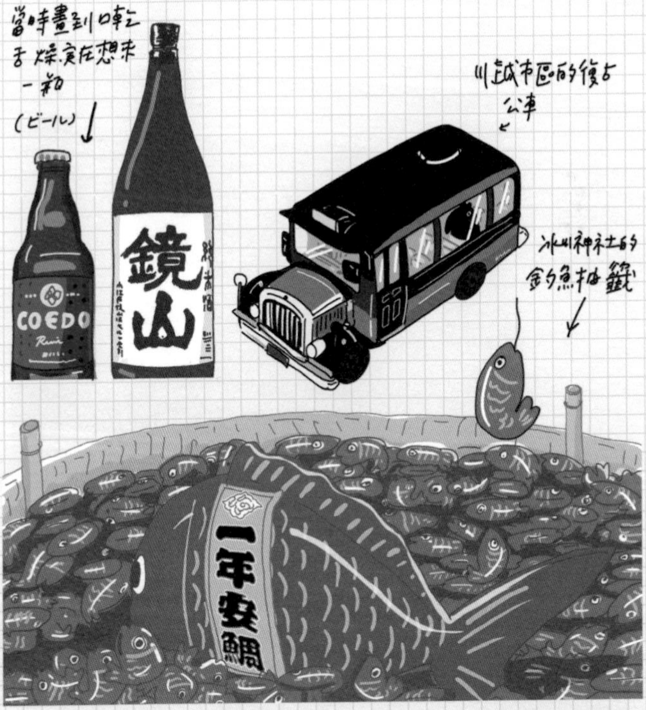

彩繪列車

這案子保密到最後的重頭戲，就是會有一輛 LAIMO 的彩繪列車，而且會一直行駛到 2019 年，在此還是特別感謝西武鐵道的支持，願意這樣大膽地嘗試來自國外奇怪的角色。車廂設計的部分，因為主題是台日友好與觀光，所以延用了之前幫台灣觀光局畫的台灣景點圖（可參考「飛向臺灣，跟著馬來貘去旅行《旅行台灣，就是現在》特展」案例，P. 148）。

在貼車廂的那天，我也親自到了日本西武鐵道的車廂基地參觀。因為我到達的時候已經施工好一陣子，所以看到部分車廂已經完成，看到這個畫面我震撼到現在想起都還會頭皮發麻，看著一路跟著自己的貘寶貝被貼在這麼大的載體上發光，不就像是自己的小孩能登上小巨蛋舞台載歌載舞，最後安可曲出來謝謝他的父母一樣的有成就感嘛！！！（誰能不感動呢？）

彩繪電車車頭與配置圖。

日本段的景點也是重新繪製。

我學會的三件事

1. 電車的底部原來長那樣。（是哪樣？）
2. 要畫從未去過的場景且沒資料照片時，可靠 Google 街景拼湊出。
3. 我得到了西武鐵道 2000 系電車的 ai 檔。

3-9

蛋黃哥與來貘

GUDETAMA × LAIMO

最佳懶散拍檔，SANRIO 首次台日角色聯名

合作單位：三麗鷗股份有限公司

上市時間：2016 年 12 月

出現地點：台灣地區

合作內容：蛋黃哥與來貘的圖像聯名

　　這年頭連懶散也可以出名，而這世界上兩位以懶散出名的個體居然還可以聯名，只能說現代人的壓力真的很大。這是首次台灣的角色與三麗鷗（SANRIO）合作的聯名，很高興可以擔任這次的先鋒使者。

　　當初接到三麗鷗的合作邀約時，他們提了兩個角色一個是 Hello Kitty 另一個則是蛋黃哥，所以兩位我都各自試畫了一組。

Hello Kitty 跟來貘就是貌不合神也離，我戴我的蝴蝶結，她穿她的黑白衣，我想我們都不要勉強彼此了。

跟蛋黃哥就像是一見如故的感覺。所以一連出了好幾組動作，有的是他的經典動作來貘配合；有的是貘常有的動作他一起呼應，因為兩者都是懶散個性，所以很好發揮。（不過因為當時是粗略試畫，還沒仔細設定身高比例，所以都把兩位畫得大小相同）

確定人選後所畫的系列動作(12.29.2015)
by cherng

經過幾個月開會討論，把仔細的設定規範好後，我畫了這組兩位合體的草圖，而之後完稿的圖，也就是現在可在市面上看到的「蛋黃哥馬來貘的日常」系列。

(變身系列由三麗鷗所繪)

除了日常系列，還有一組是「變身系列」，蛋黃哥穿著來貘有關的系列配件，而這組是由台灣三麗鷗繪製。

蛋馬系列的圖，還會發展成很多不同的風格，有些是為了特別活動需要而發展新圖。

而我也為此聯名做了系列影片。雖然兩者一起出現很和諧，不過能加點故事背景，告訴大家這兩隻在一起的緣由會更有趣。

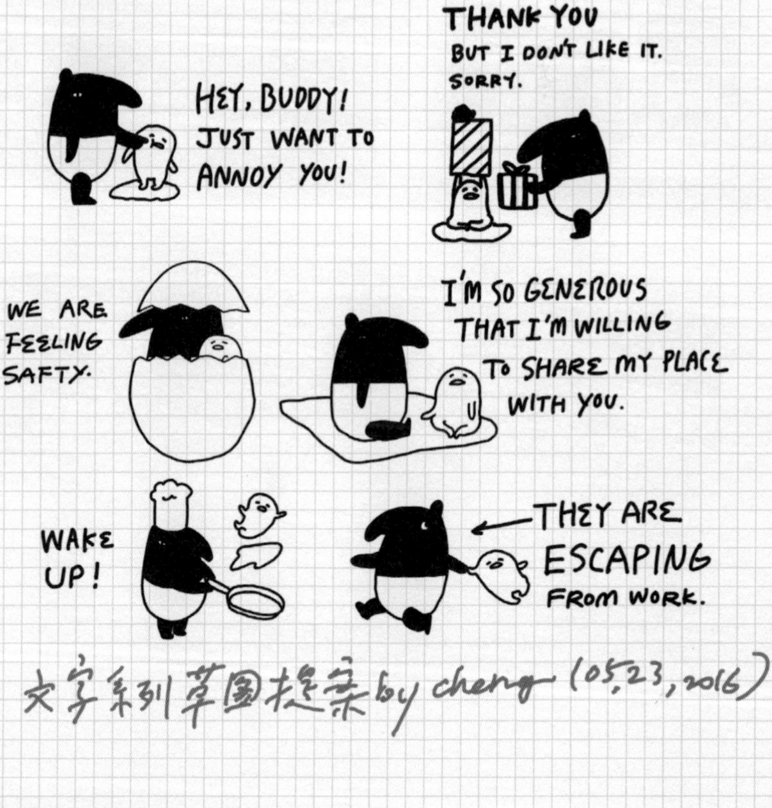

文字系列的草圖。懶散又帶點賤賤的宣言與圖做搭配，我也發揮了圖文插畫家的專長，而那些懶散又帶點賤賤的文案是我想的。

for 新光三越. (12.05.2016)
(xmas 版本)

搭配新光三越週年慶，因逢聖誕節，所以希望有聖誕風情的圖素。

上方是我畫的首發影片的分鏡腳本草圖，相當粗糙。

我學會的三件事……………………………………………………

1. 聯名不是要一見如故的合拍，就是天差地遠的衝突。
2. 台灣三麗鷗的辦公室相當華麗又夢幻。
3. 蛋黃哥不能舉重物。

3-10

晶碩光學隱形眼鏡

PEGAVISION × LAIMO

來貘隱形眼鏡，史上最荒謬周邊商品

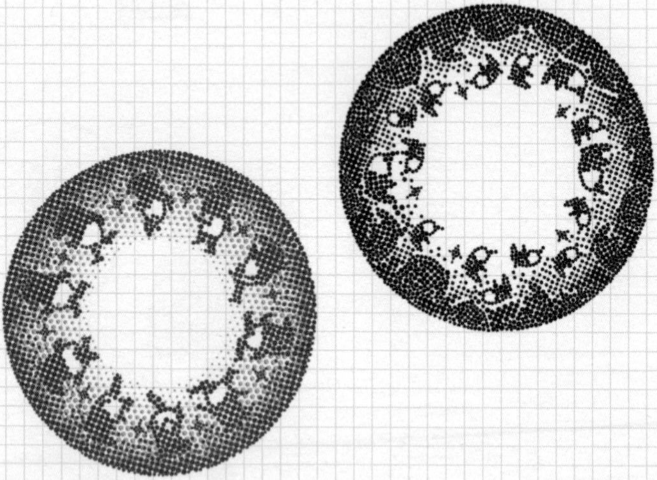

合作單位：晶碩光學

上市時間：2017 年 1 月

出現地點：台灣晶碩隱形眼鏡各分店

合作內容：隱形眼鏡鏡片設計、隱形眼鏡包裝、滿額贈品、周邊文宣。

我自己本身是長期晶碩的愛好者，一直都戴他們的透明片，戴起來確實比很多國外廠牌舒服很多。這不是專櫃小姐那種「我自己都有帶兩組」的行銷話術，而是真心推薦，只是想都沒想到居然有一天會跟他們合作，還是做隱形眼鏡鏡片上的印刷，這也符合我一直以來的經營理念──「新」，就算不是全世界第一，也要全台第一人的宣言。

晶碩上一檔是跟日本攝影師蜷川實花小姐合作鏡片，這次找上了我。對於這種超新鮮的合作當然要立刻答應，這也是我截至目前為止，出過最荒謬的商品。

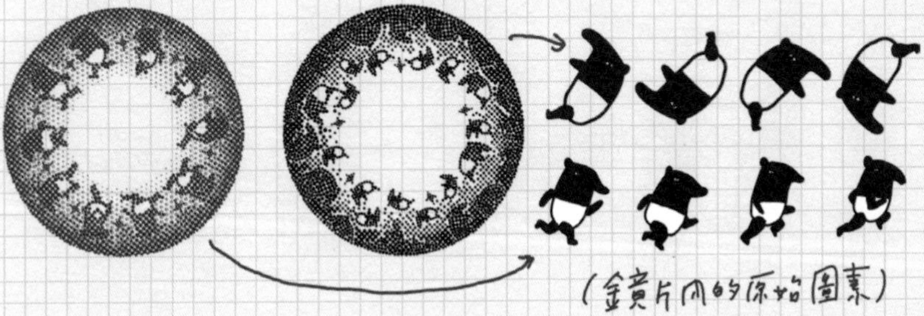

其實鏡片的設計主力並不在我，鏡片的設計又是另外一個專業，像是鏡片上的圖一定要點陣的方式，還要考量到弧度之類等我無法參透的未知領域，所以我就選了一些圖素，再請晶碩那方的人去完稿。

透明片的包裝主題是「世界各國」，共有六款，最後再用高質感的鐵罐裝起來。

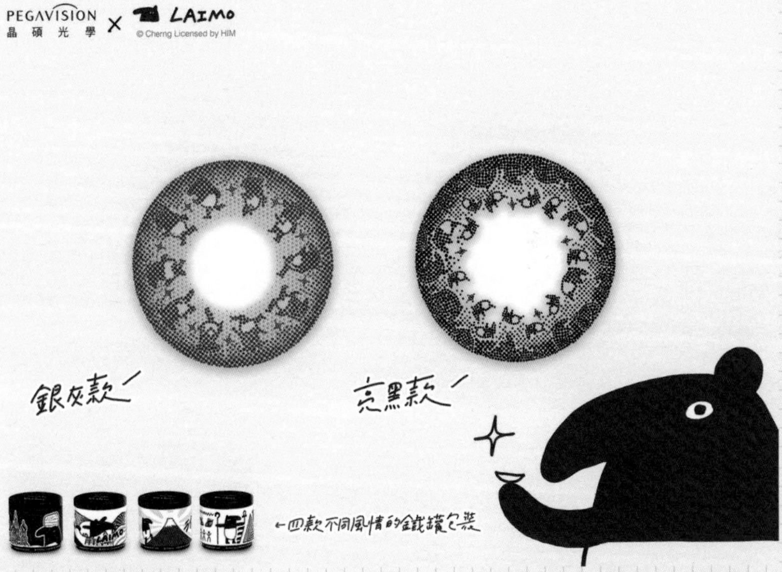

這是當時在粉絲團自己製作的宣傳圖，因為政府有規定不能在網路上販售醫療器材（隱形眼鏡是醫療器材）所以遣詞用字都得相當小心，為了怕危險，當時發的文字直接寫了毫無關聯的「2017 誰也無法阻止我了」（抓不住我）。

我學會的三件事

1. 隱形眼鏡上的鏡片完稿，點描派畫家秀拉（Georges Seurat）可以做到。
2. 網路上不能公然教唆大家去買隱形眼鏡，所以發文要特別小心
3. 我本人戴起變色片或放大片會變很奇怪，討打度增加 80%。

拜託你！
請跟我交往吧！
我很愛你！
我要讓你後悔 !!!!
對啊，好久不見！
後悔了吧後悔了吧
你看老娘現在有多辣！
懊悔死你吧拒絕我的男人！
小明
你這次考試有沒有考第一名啊？
哈哈你變好漂亮，這是
我男友他也叫小花耶！
真巧！
小花
Oh my god!!!
啊啊林青霞!!是林青霞!!!
啊啊啊啊
!!!!!!
倉庫
謝謝光臨
關

PART 4

來貘的人際關係社交禮儀指南

生活・網路・愛情・穿搭・禮貌

（事實上沒要教會你任何事）

4-1

人生觀察的路上

01——校園人種

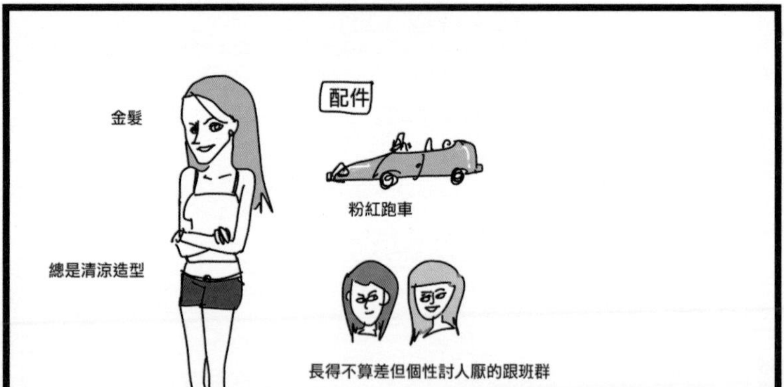

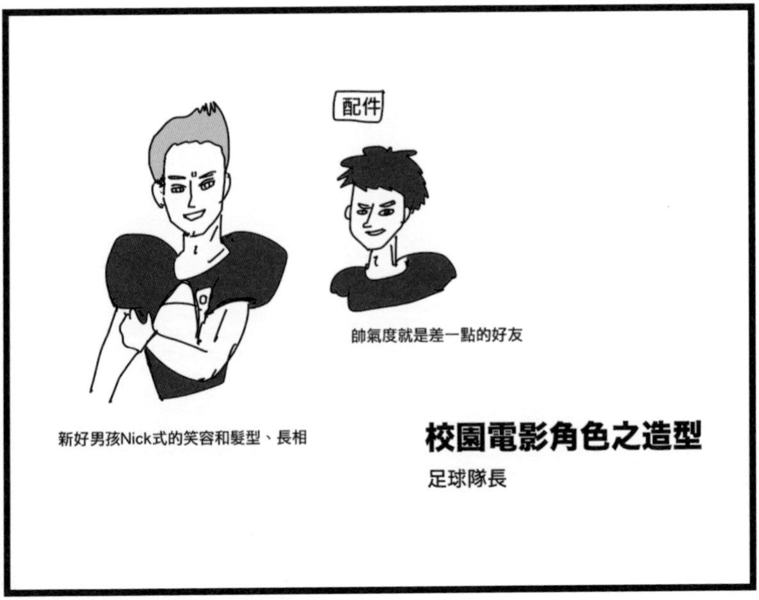
配件
帥氣度就是差一點的好友
新好男孩Nick式的笑容和髮型、長相
校園電影角色之造型
足球隊長

一臉功課很好的樣貌
校園電影角色之造型
亞洲面孔

配件
長相普普、
穿搭普普
班上的邊緣人物
校園電影角色之造型
甘草女主角

打扮保守，書呆子會
默默愛著女主角
校園電影角色之造型
愛著女主角的老實男

02——分辨亞洲人

03——左撇子

04——自拍 別人拍 男友拍

05——空姐變化

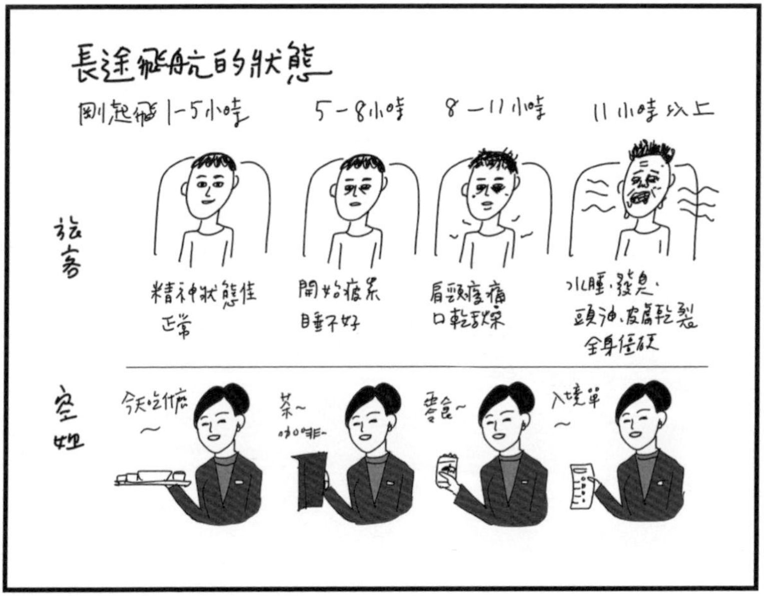

06——各式寶可夢玩家

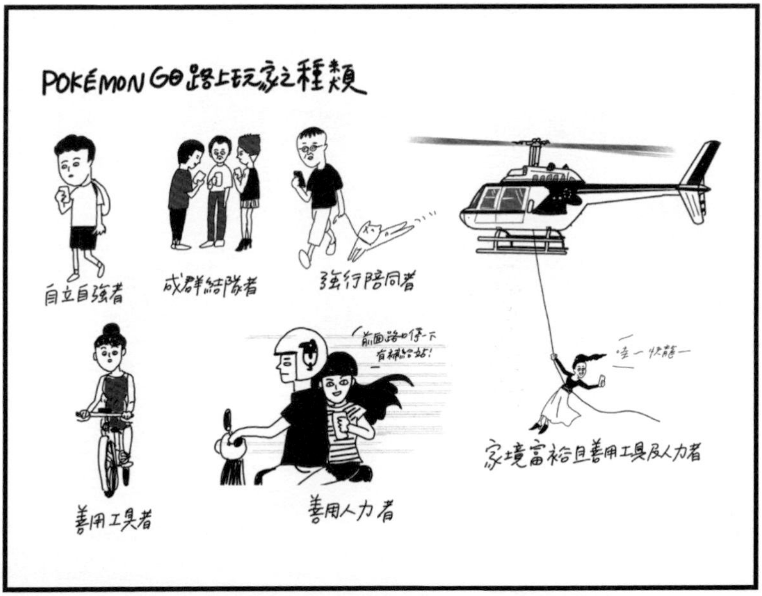

07
——
趕時間

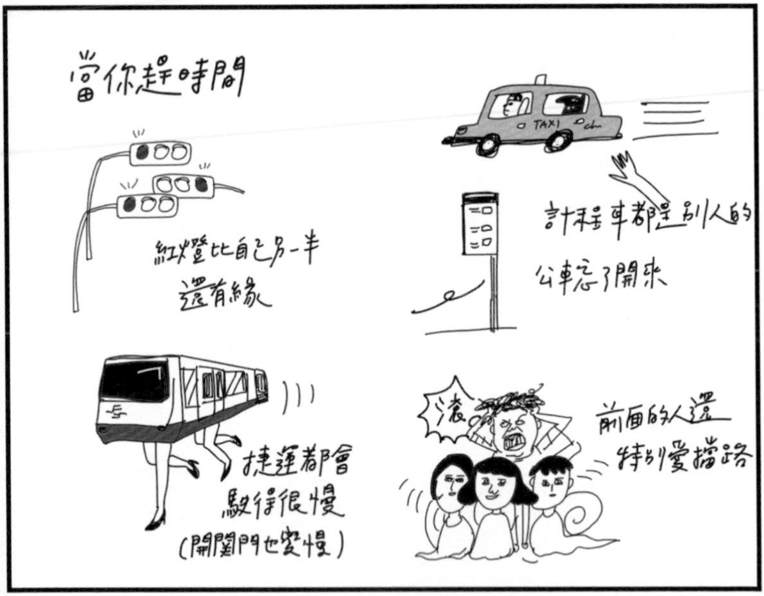
當你趕時間
紅燈比自己另一半還有緣
計程車都是別人的
公車忘了開來
捷運都會駛得很慢（開關門也變慢）
滾
前面的人還特別愛擋路

08
——
國中生必備單品

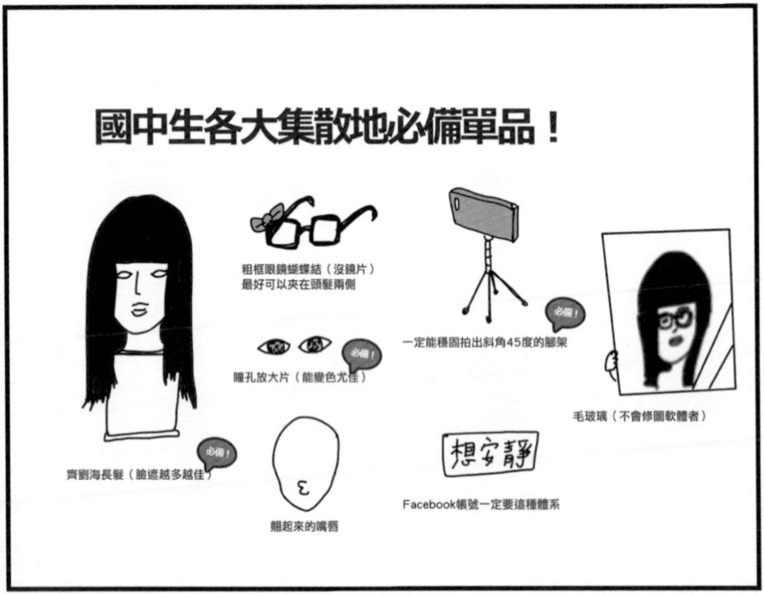
國中生各大集散地必備單品！
粗框眼鏡蝴蝶結（沒鏡片）最好可以夾在頭髮兩側
一定能穩固拍出斜角45度的腳架
必備！
瞳孔放大片（能變色尤佳）
必備！
毛玻璃（不會修圖軟體者）
齊劉海長髮（臉遮越多越佳）
必備！
想安靜
Facebook帳號一定要這種體系
翹起來的嘴唇

各地結帳遇到外國人反應
香港
Do you have any discount?
(有什麼折扣嗎)
Buy 3 t-shirts and get one for free
(現在T恤買三送一)
台灣
Do you have any discount?
…呃…buy three t-shirts… …呃…
give you one t-shirt … and…
呃
日本
Do you…

10

台日新聞比較

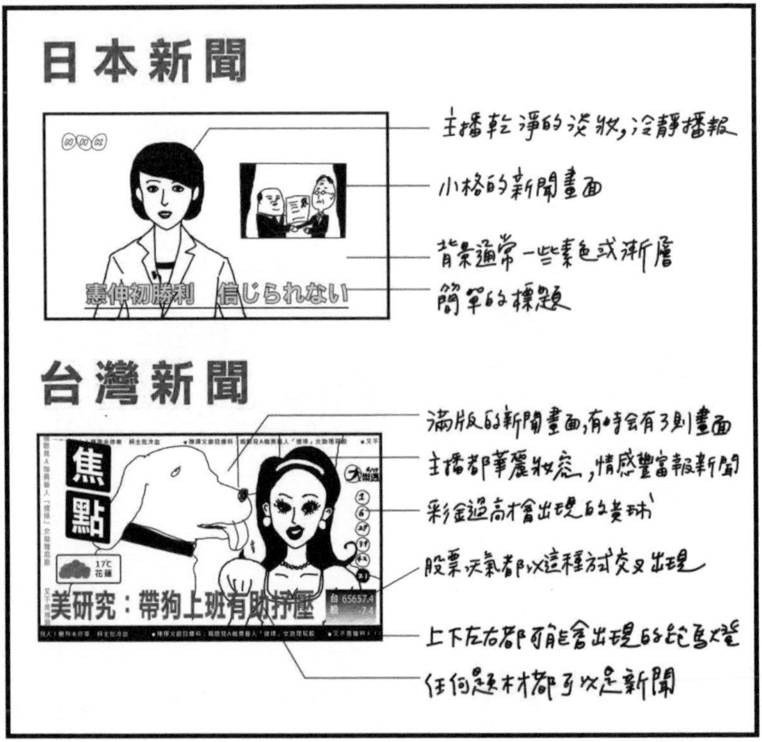
日本新聞
憲伸初勝利　信じられない
主播乾淨的淡妝，冷靜播報
小格的新聞畫面
背景通常一些素色或漸層
簡單的標題
台灣新聞
焦
點
17℃
花蓮
美研究：帶狗上班有助抒壓
台 65657.4
股 -7.4
滿版的新聞畫面，有時會有3則畫面
主播都華麗妝容，情感豐富報新聞
彩金過高才會出現的美球
股票天氣都以這種方式交叉出現
上下左右都可能會出現的跑馬燈
任何題材都可以是新聞

11 — OL的一周

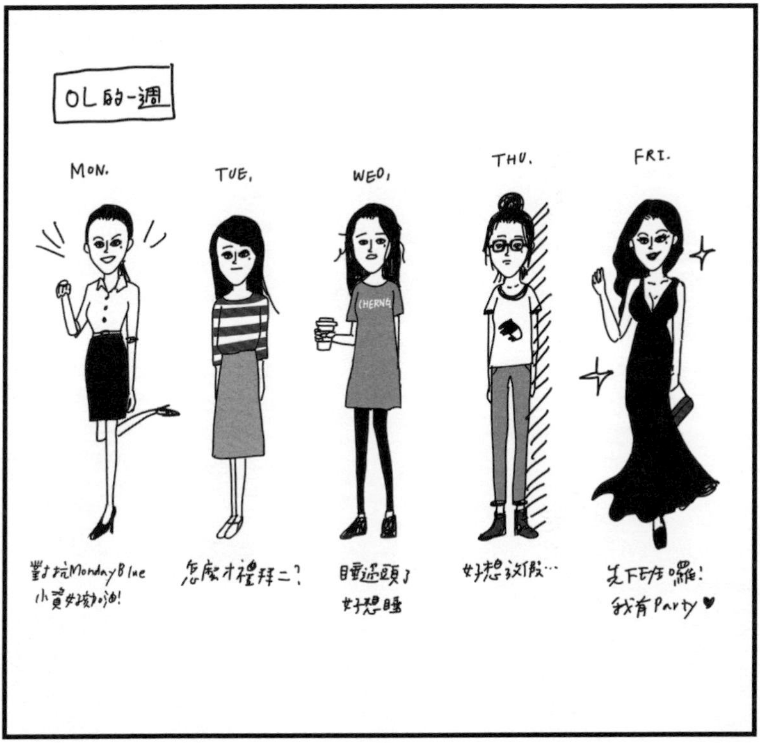
OL的一週
MON.
TUE.
WED.
THU.
FRI.
對抗Monday Blue
小資女孩加油!
怎麼才禮拜二?
睡過頭了
好想睡
好想放假…
先下班囉!
我有Party♥

4-2

時尚不能拯救靈魂

01 —— 亞洲男孩時尚

亞洲男孩
香港
西裝、油頭、快D快D

亞洲男孩
日本
帽子、蓄鬍、中長髮

亞洲男孩

台灣

T恤、羽絨、踢不爛

亞洲男孩
韓國
緊繃、合身、皮膚白

亞洲男孩
泰國
拖鞋、襯衫、撒哇滴咖

02

亞洲女孩時尚

亞洲女孩

亞洲女孩

香港

Hong Kong

中性、好型、徐濠縈

亞洲女孩

日本

Japan

長版、嬉皮、多層次

LOVE
亞洲女孩
台灣
Taiwan
濃妝、雪靴、透膚襪

亞洲女孩
韓國
Korea
腿長、褲緊、運動鞋

亞洲女孩
新加坡
Singapore
活力、清涼、夾腳拖

男生不懂啦！

小碎花連身裙

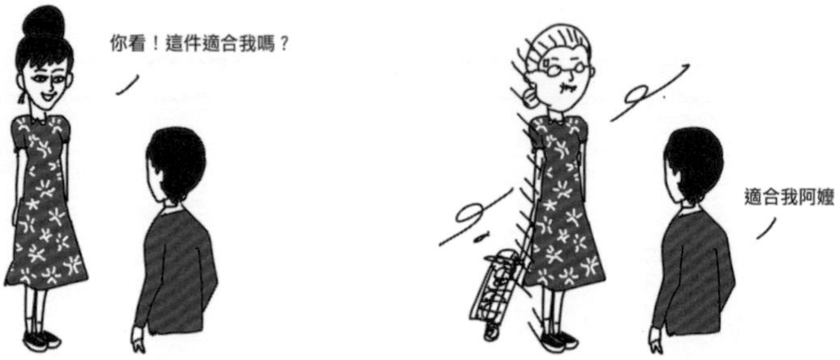
你看！這件適合我嗎？
適合我阿嬤

男生不懂啦！

中分短髮

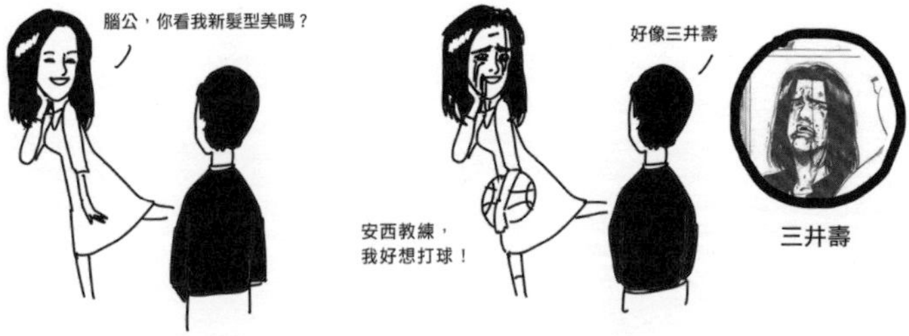
腦公，你看我新髮型美嗎？
好像三井壽
安西教練，
我好想打球！
三井壽

男生不懂啦！

大紅唇

你猜我今天哪裡不一樣～？
今天有吃檳榔？

男生不懂啦！
高腰褲
女性的認知
男性的認知

男生不懂啦！
粗腰封
妳剛是得到摔角冠軍嗎
還背了一個冠軍腰帶～
昇龍拳

男生不懂啦PART2！
眼頭打亮
有眼屎!
你去屎

男生不懂啦PART2！
韓系光澤肌
臉也太油了吧
吸乾淨吧！
??

男生不懂啦PART2！
今年最流行粗眉
那是海苔嗎

男生不懂啦PART2！
紅色眼妝
吃海鮮過敏嗎？
海你老木

男生不懂啦PART2！
深色指甲油
被夾到嗎～？
啊

05 — 男生的NG打扮 — part. 1

NG
請依自己身材穿搭
不要隨便盲從

瑄瑄美甲
下次再來喔～
NG
男性沒有留指甲這回事
(除了想做指甲彩繪的男性)

...
剛剛那個業務
是不是用香水在泡澡啦？
他都離開兩小時了！
NG
香水能助人亦能毀了一個人
剛好就好，不要太多

NG
時髦的穿搭 也請依氣候狀況決定
夏天不是戴毛帽的季節
他不熱嗎？
神經病吧！

NG
C
捲褲管也是種style
但記得要捲得剛好

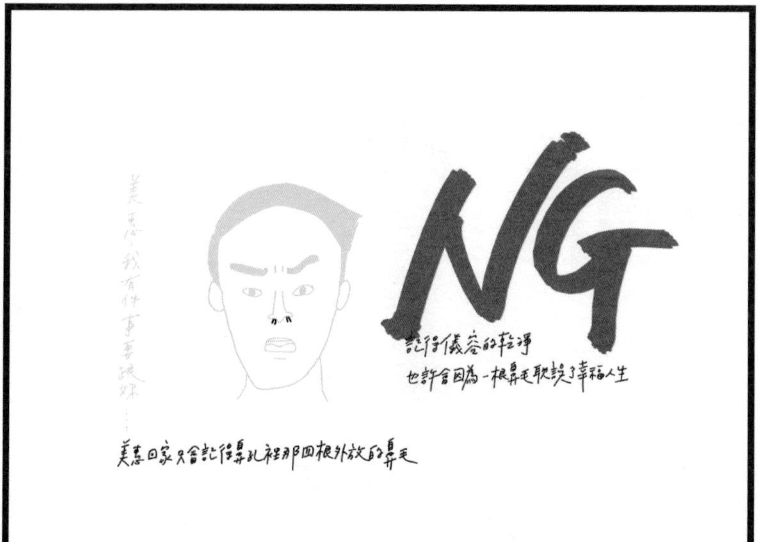
美惠，我有件事要跟妳……
NG
記得儀容的乾淨
也許會因為一根鼻毛耽誤了幸福人生
美惠回家只會記得鼻孔裡那四根外放的鼻毛

零錢
長皮夾
鈔票
notebook
玩具
皮卡丘
掉落的原子筆
keys
雨傘
發票
智慧型手機
飲料
NG
請別填滿褲子的口袋

ARTIST
你是在演大藝術家嗎?
NG
Polo衫立領

NG
你不是 Elvis Presely
出門不需要用到整瓶的髮膠

NG
襯衫不燙
今天面試還穿成這樣
乾脆移民算了!!

06——男生的NG打扮——part. 2

男人，NO x10

拜託你!!請別這樣了!!!

NO!!
別讓自己看起來
像個香腸或是穿布袋
請視自己身材穿衣服

NO!!
看錯場合穿衣，
像是去高級餐廳，
卻打扮成史豔文的look
Chang' Rst
這哪來的瘋子?

一臉娘砲樣
這有什麼好看的？
NO!!
自己不努力，只會忙著酸別人

NO!!
袖子與褲子不宜過長
除非在表演嫦娥奔月

Hi—
Cheng's
NO!!
腰部的配件過多

NO!!
我受夠你那
鬆垮的領口
與襪子!!!

NO!!
留鬍子請適當！別讓女友造成困擾
親愛的
來，啾一個♥
走開啦!!
想到就痛!!

NO!!
你不是品牌代言人，請別把Logo用得淋漓盡致
帽子
iphone
手錶
悠遊卡貼紙
皮夾
T恤(黑)
筆電
後背包
T恤(白)
褲子
香水
保溫瓶
@Logo旗艦店
打卡的地點
側背包
鞋子
內褲
襪子
女朋友(work at Logo)

NO!!
別因為皮鞋輸在起跑點
皮鞋請擦亮！
香菇
蒼蠅
蒼蠅
垃圾
哎呀！好亮好帥!!!

NO!!
別在海灘種植扶桑花
如果一塊印有扶桑花的背板
放在海灘，應該會有大半男性
呈被截成兩段的情況

少女系媽媽

熱愛具有粉紅或是蕾絲元素的單品，且會打扮得很年輕，企圖讓自己跟女兒出去時，會被誤認成是姐妹。

等下要去Paris那裡的房子住個幾天！
時髦媽媽
一身名牌，裝扮貴氣，感覺買菜只會去Jasons Market Place之類的高級超市。

養生媽媽
對於養身飲食很有研究，通常都瘦瘦的。熱愛爬山運動，爬山時喜歡把外套綁在腰間。
要活就要動。

緊來回去看風水世家！
花媽款媽
務實的傳統女性，一生奉獻只為這個家。最喜歡做的事情是看完中午的主婦劇場後睡個午覺。

馬路如虎口，出門在外要小心
氣質媽媽
溫柔婉約，講話通常慢慢且輕聲細語，感覺像是在國高中教國文或是歷史的媽媽。

頒獎典禮必見款式
黑緞帶配白禮服
可稱之「禮品式」造型
拆禮物～

頒獎典禮必見款式
刺繡蕾絲肉胎裝
膚色不對就像是有疾病
這種症狀我們稱之為皮膚癬

頒獎典禮必見款式
個性褲裝
穿不好就會不小心變成刻薄女主管
不好意思，Anna
這邊還有資料要請您確認！

頒獎典禮必見款式
公主大蓬裙

穿得好很夢幻，穿不好則是迪士尼工作人員

頒獎典禮必見款式
短版禮服

也許會因為版型不對
不小心變成電子花車舞者

09

台灣時尚部落客

台灣時尚部落客

到活動現場忙著當追星族

這件真的好修身！
很顯瘦！
台灣時尚部落客
每一件衣服都很「顯瘦」

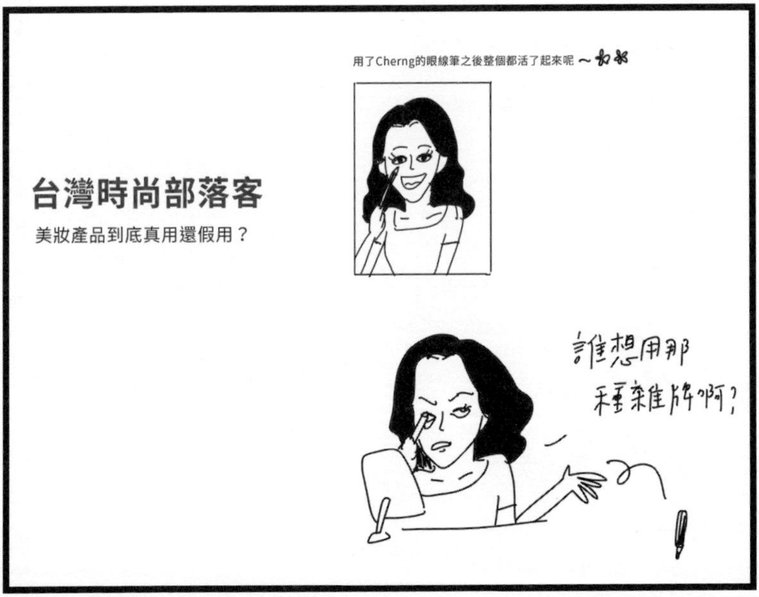
台灣時尚部落客
美妝產品到底真用還假用？
用了Cherng的眼線筆之後整個都活了起來呢～
誰想用那種雜牌啊？

台灣時尚部落客

親愛的、妞兒叫不停 大家都是好姐妹...

今天跟親愛的妞一起來體驗燙髮好開心～

(回家後)
她燙那個頭髮.真是有夠花!

台灣時尚部落客

買的是真名牌鞋，卻自己生產仿冒品販賣

（正貨）喜歡的水水可以跟我下訂喔

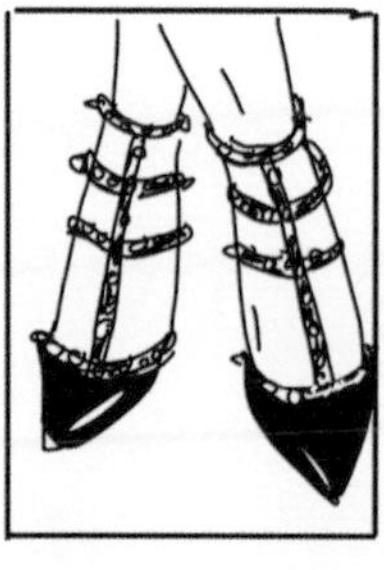

自己黏鉚釘比較省錢～

不該存在世上的造型單品

穿起來像有皮膚病的刺青透膚襪

不該存在世上的造型單品

藍色蜘蛛網女演員會有的蛋糕裙

不該存在世上的造型單品

鞋底太顯眼的增高球鞋

不該存在世上的造型單品

賽車女郎才能穿的白色長靴

不該存在世上的造型單品

穿起來像婚禮丈母娘的短版外套

11

名媛

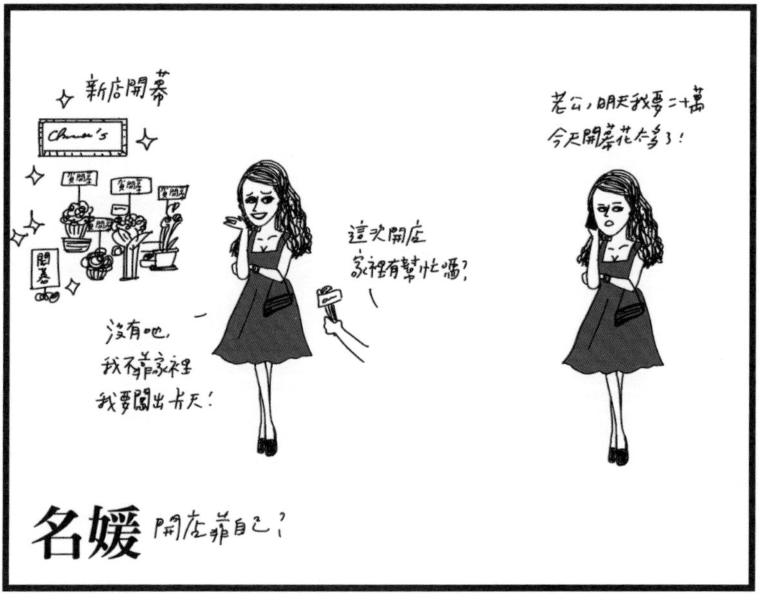

名媛 開店靠自己？

名媛 也用路邊攤

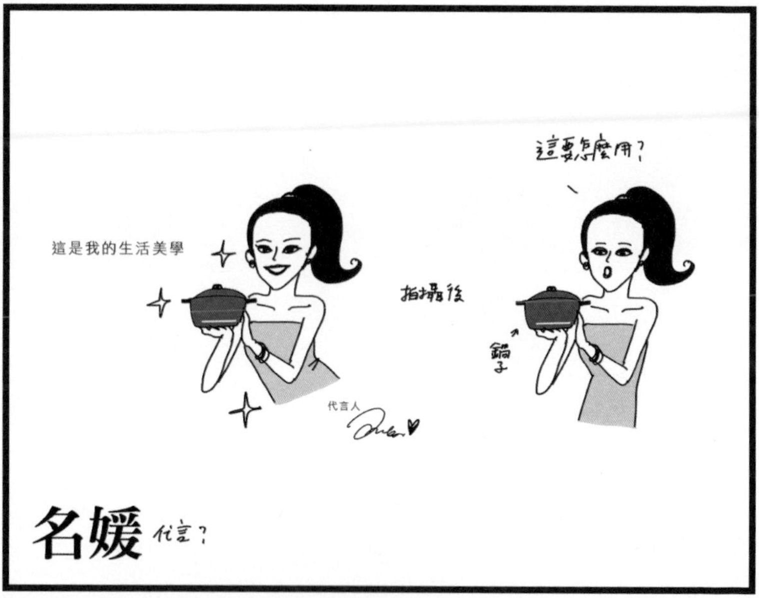
這是我的生活美學
代言人
拍攝後
這要怎麼用?
鍋子
名媛 代言?

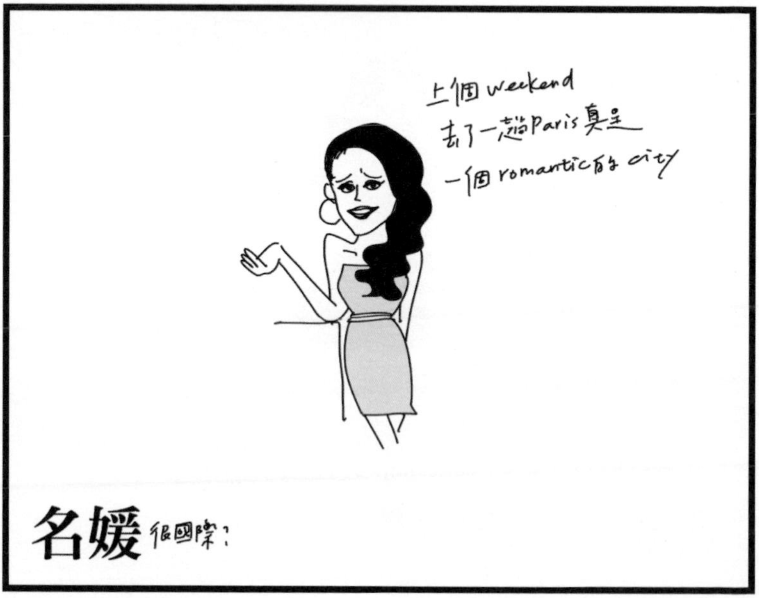
上個weekend
去了一趟Paris真是
一個romantic的city
名媛 很國際?

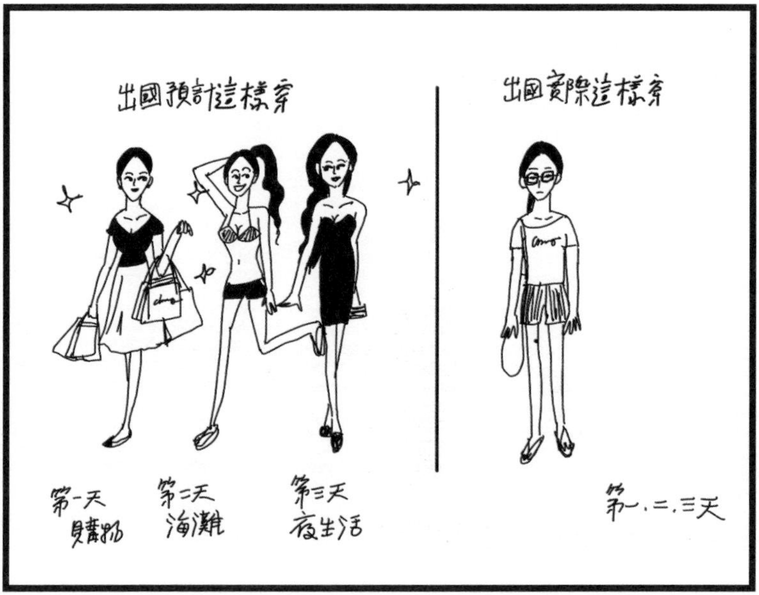

要看場合穿衣

不是安潔莉娜裘莉，就不要穿高跟鞋登山

要看場合穿衣

去婚宴請不要穿得比新娘還厲害

要看場合穿衣

去鬼屋請不要穿得比鬼還像鬼

要看場合穿衣

請不要以徵信社造型前往海邊

要看場合穿衣

穿長裙坐車好瓊瑤，但一不小心就悲劇了

13——時尚認知的落差

David Beckham Bodywear
我穿貝克漢的衛生衣♥

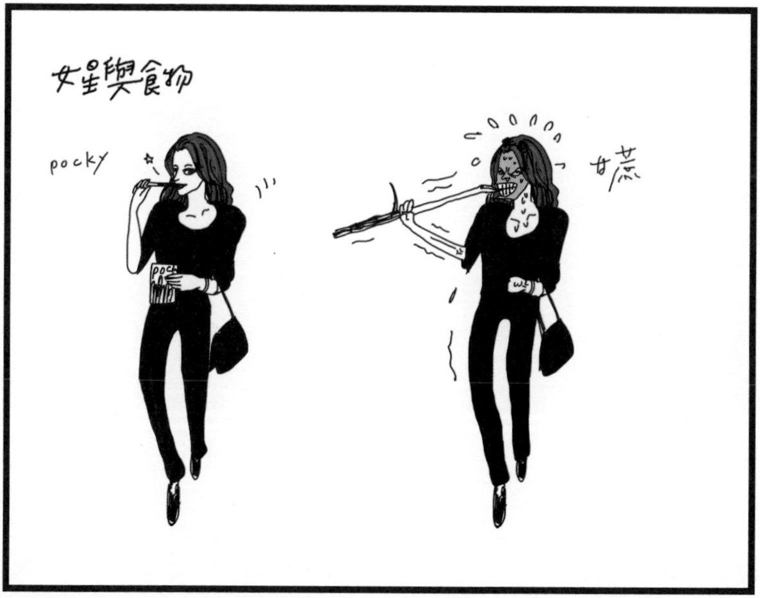
女星與食物
pocky
甘蔗

～☆水美眉の穿搭日記☆～
應該是今夏最像
玫瑰瞳鈴眼穿搭吧？
大家可以參考我今夏最in的穿搭♥
衣服－市場買299 靴子－390
袋子－媽媽的0 裙子－Lomg800

這裡面女主角
好復古喔！好酷！
我也要像她一樣！
隔天
最近迷上Discovery的
探索石器時代人的節目
吼吼吼－

媽！妳有年輕時厲害的
衣服嗎？
這超厲害！
以前是黑貓歌舞團的一員
這太辣了！

最近看韓劇她們
服裝都好美喔！
下次要來試試看!!
這樣走在路上
會不會太顯眼呢？
在看古裝劇
我覺得有點瘋癲

14——這樣單品你要嗎？

去幫我把白雪公主的心臟還有舌頭給挖出來！
感覺每個壞女人的鞋櫃裡都會有雙尖頭鞋

穿不合身的西裝看起來就會散發一股沒出息的感覺
沒出息
沒出息
沒出息
沒出息
就像眼鏡戴太鬆會變成菜閨的道理

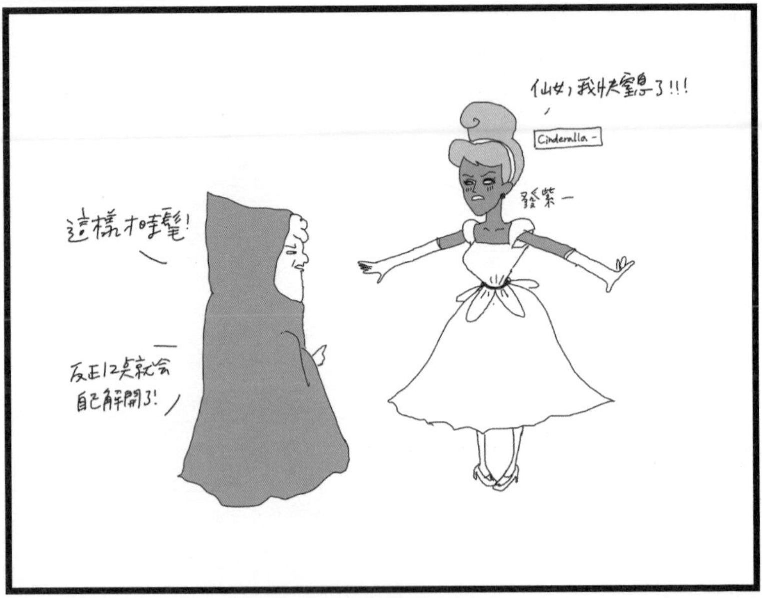
仙女，我快窒息了!!!
Cinderalla -
發紫 -
這樣才時髦!
反正12點就会
自己解開了!

陰雨綿綿天氣可以只搭件風衣
豪大雨還是要帶雨具

Bill Cunningham
李敖

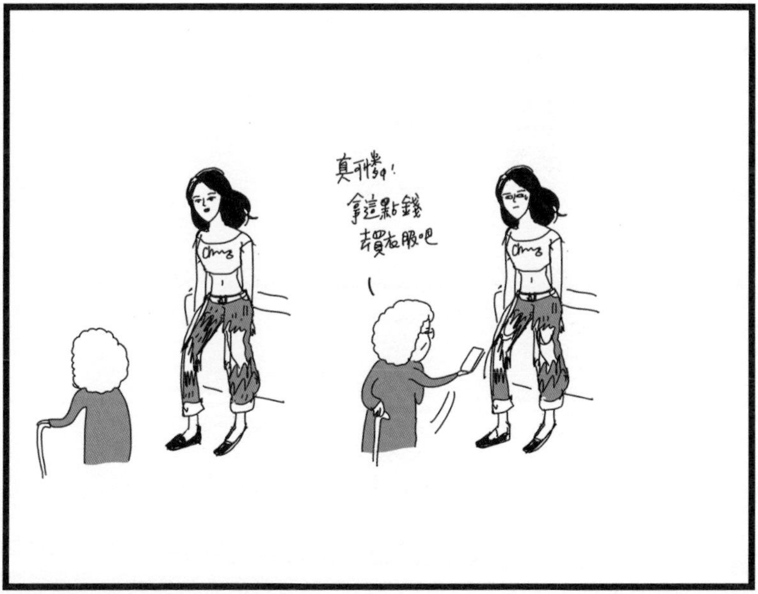
真可憐！
拿這點錢
去買衣服吧

15——貴婦貴婦款式多

Christine!
今天妳好漂亮
謝謝！
殊不知漂亮的 Christine 的房間是這副德性

出去!!!
穿衣服真的要看場合！
（好險我們都全黑了）

貴婦就是要懂得簡約不炫富！
貴婦的品味

我好像還少了
點什麼？
應該是
少了審美觀

4-3

測驗你的愛情

01

——十個跡象判斷女生是否喜歡你

10個跡象
判斷女生是否喜歡你

10個跡象
判斷女生是否喜歡你

V 在聊天時主動想並投入話題

X（例外情況：上談話性節目）

10個跡象
判斷女生是否喜歡你

V 她打破了自己的原則

X（例外情況：你打破她暴怒的極限）

10個跡象
判斷女生是否喜歡你
V 開始分享他想去的地方（叫你約他去）
X（例外情況：遇到女強盜）
最近有家餐廳便宜又好吃！‧‧‧‧
那我們去吧！
（耶！）
巴黎好美喔——
好‧‧‧
我們走‧‧‧

10個跡象
判斷女生是否喜歡你
V 開始問你交過幾個女朋友
X（例外情況：可能只是要試探是否保有童貞）
一.簡答題70%
1.歷任女友的姓名20%
2.簡單描述其個性10%
3.分手原因？5%
←職業：老師
有交過女朋友嗎？

10個跡象
判斷女生是否喜歡你

V 開始樂於有肢體上的接觸

X（例外情況：激烈的肢體互動）

10個跡象
判斷女生是否喜歡你

V 開始會反問你個人問題

X（例外情況：遇到拜金女）

10個跡象
判斷女生是否喜歡你
✓ 開始主動關心你
X（例外情況：你還沒交稿）
喂~今天都在幹嘛？
你今天到底都在幹嘛？

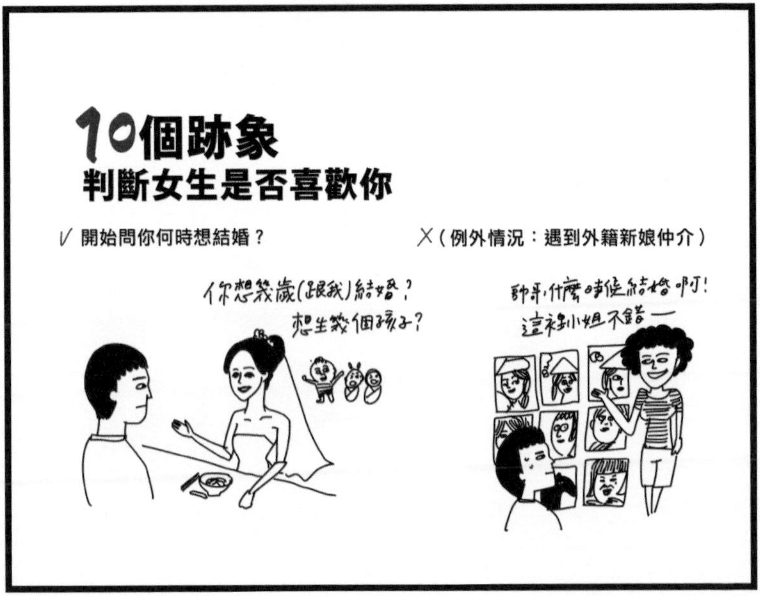
10個跡象
判斷女生是否喜歡你
✓ 開始問你何時想結婚？
X（例外情況：遇到外籍新娘仲介）
你想幾歲(跟我)結婚？
想生幾個孩子？
帥哥，什麼時候結婚啊！
這位小姐不錯—

10個跡象
判斷女生是否喜歡你
✓ 開始誇獎你
✗（例外情況：你真的是一個好人）
你好聰明
什麼都知道
你真的是一個好人
不過……
對不起！

10個跡象
判斷女生是否喜歡你
✓ 開始不拒絕你的邀請
✗（例外情況：遇到直銷人員）
要不要去……
好！一起去!!
要不要去喝個咖啡？
好啊！
可以坐下來
慢慢說！
聽過胺力嗎？

第一次約會的禁忌話題10條

第一次約會的
禁忌話題
千萬別聊政治,宗教的話題
凍蒜!! 凍蒜!!
一定投陳○○一票!!!
①陳○○
絕對不會投給你—

論語有篇在說…
第一次約會的
禁忌話題
千萬別聊深奧的哲學
或者孔孟老墨等人生大道理

第一次約會的
禁忌話題
千萬別開始聊前女友
乾脆跟她們約會啊!!
前女友
Amy喜歡貓，Cindy討厭
…

第一次約會的
禁忌話題
千萬別開始分享老闆有多機車
知道我那個老闆有多難搞嗎?
BOSS
(你看起來比較難搞)
老闆在你後面，他很火…

第一次約會的
禁忌話題
千萬別說自己之前分手有多難過
分手吧！
不要！
後來她就放手了……

第一次約會的
禁忌話題
千萬別再第一次約會就告白/求婚
嫁給我好嗎？
我們才認識半小時不是嗎？

第一次約會的
禁忌話題
千萬別謾罵你的父母親
他們真是老拖油瓶欸!
嗚
嗚嗚
不孝子!!
也太大逆不道!

第一次約會的
禁忌話題
千萬別說你多想交女朋友或是想要小孩
我想要這麼多小孩!
二寶
大妹
小妹
三寶A
三寶B
大寶
我恨小孩

我家有5隻狗4隻貓
牠們名字分別叫作……
第一次約會的
禁忌話題
千萬別一直暢談你養的毛小孩
大毛
Toby
Song Song
米奇
BOBO
Mimi
Snoopy
(我對動物過敏)

第一次約會的
禁忌話題
千萬別聊你發生過有爭議
或者遭逢災難的經驗
被大隻佬毆打
我以前跟鯊魚搏鬥過!
遇過山洪爆發
是喔…
(這麼帶衰、誰想跟你交往)

03 約會的禁忌話題

禁
沒有主見
卻又一堆意見
禮拜天我們要吃什麼？
隨便啊！看妳！都可以！
蛤～我不愛那一家耶！別家啦！
那OO餐廳？
啪

禁
印象深刻的儀容

Cheng's
Restaurant
梦
服裝不合場合(常理)
Let's go
我們之間是不是
有什麼誤會?

梦
回話不超過三個字
嗯…
今天我去了哪裡哪裡
真的是很誇張 bla~bla
bla~bla

禁
大量地提及歷任情人
Jenny是歷任女友脾氣最差的、小卉是空姐
Mandy很会做菜、Kim会空手道
Frankie最會化妝，阿妹很老
—我想回家了。

禁
天理不容的
吃相

寶貝，你幫今天的我打幾分呢？填一下吧！
信不信我會報警？
帥氣度□分
好感度□分
身材□分
幽默□分
談吐□分
禁
叫對方幫你打分數

禁
誇張地炫富
我家超有錢
I AM RIC
$
我有三台跑車
兩棟豪宅
都住信義區
土地

寶貝！今天我有準備
一個小禮物要給妳！
禁
送令對方有壓力
的禮物
頭好暈…
(但我不想收…)

媽媽說：
「今天不能太晚回家！」
禁
當媽寶

惱公，人家想要那種立體上面
長出長長的手機殼啦！
好可愛♥
啊啊啊啊!!
惱公!!!!!
←蟑螂造形
手机殼（擬真）
（立體上面長出長長的）
surprise!
♥公
不過這造形是
滿前衛的！

（好久沒穿情侶裝～）
寶貝今天出門記得
穿那件熊熊衣喔！♥
欸！妳要去哪——
這年代還流行情侶裝？

05 約會故事

秋天了耶，好舒服
是啊，還有好多落葉
看到那堆落葉，讓想到
以前的趣事
寶貝，妳是說用落葉烤
地瓜嗎？
我們以前也都會這樣！
不是，
那年秋天 背叛我的那個男人
他的頭怎麼樣都埋不進土裡
我只好撿旁邊的落葉把他蓋了起來
還好都沒人發現
埋不起來耶！不覺得很有趣嗎？

天哪好可怕
寶貝你看
是殭屍耶
嘎 嘎 嘎嘎
我們是不是要快逃？
放心啦！我們遇到
的是中國的殭屍！
嘎 嘎 嘎嘎
遇到中國的僵屍不要慌
只要停止呼吸
不要讓他察覺你的氣息
再慢慢走掉就好了！
來，不要慌，跟我閉氣
嘎啊啊啊啊啊
生前是剛參加
清朝趴完而死的外籍人士
呀！！！

電影都快開始了！
抱歉抱歉！ 我晚到了
真是太過分了！
你有沒有時間觀念啊！
我也才遲到五分鐘...
電影都演完你才到！
我們之間到底怎麼了....
體諒真的這麼難嗎？
........!@#$%^&

拜託你！
請跟我交往吧！
我很愛你！
小花，對不起...
我辦不到！
我要讓你後悔 !!!!
同學會
天哪！
你是小花嗎！？
對啊，好久不見！
後悔了吧後悔了吧
你看老娘現在有多辣！
懊悔死你吧拒絕我的男人！
哈哈你變好漂亮，這是
我男友他也叫小花耶！
小花
真巧！

4-4

生活中的自我放棄

01

失敗的推銷術

失敗的推銷術 2
喜歡都可以拿喔!
我知道..

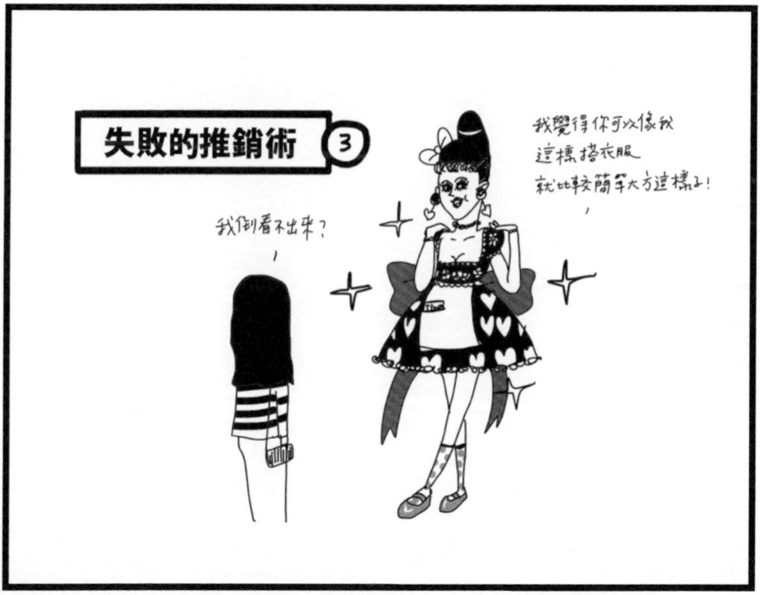
失敗的推銷術 3
我覺得你可以像我
這樣搭衣服
就比較簡單大方這樣子!
我倒看不出來?

失敗的推銷術 4
嚴重口臭

懶女人的夢幻逸品

帶妝人皮

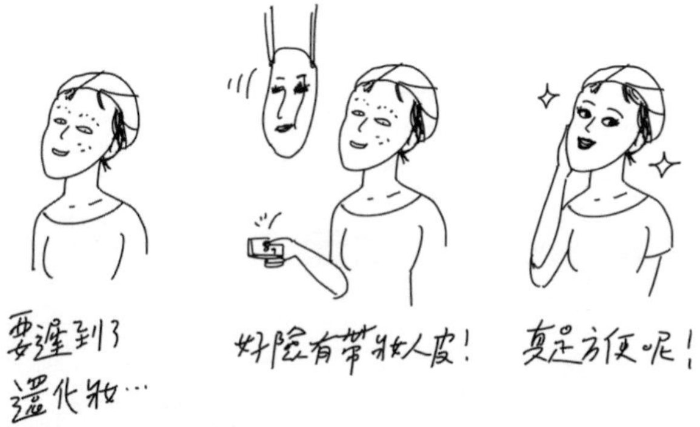
要遲到了
還化妝…
好險有帶妝人皮！
真是方便呢！

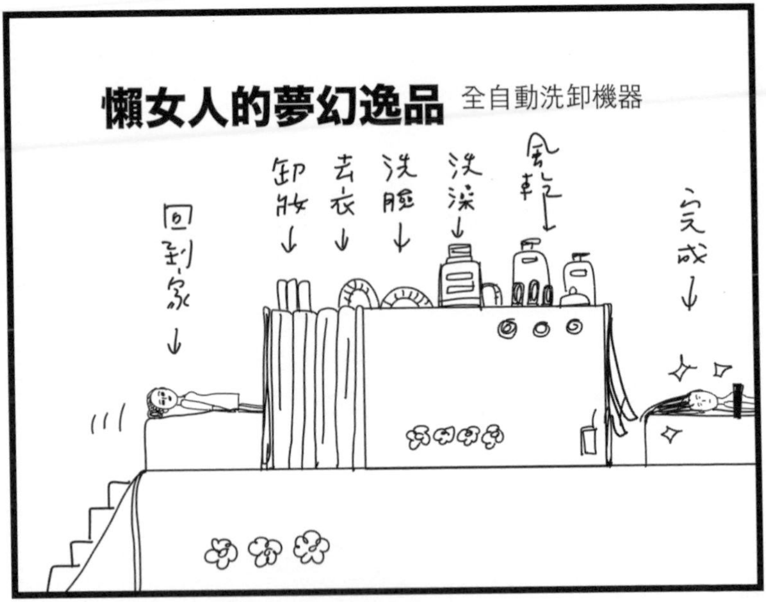
懶女人的夢幻逸品 全自動洗卸機器
回到家
卸妝
去衣
洗臉
洗澡
完成

懶女人的夢幻逸品 時尚管家秀大叔
小姐，今天是C&Y的派對
適合這件Cherng灰色洋裝

懶女人的夢幻逸品
能躺著用的電腦

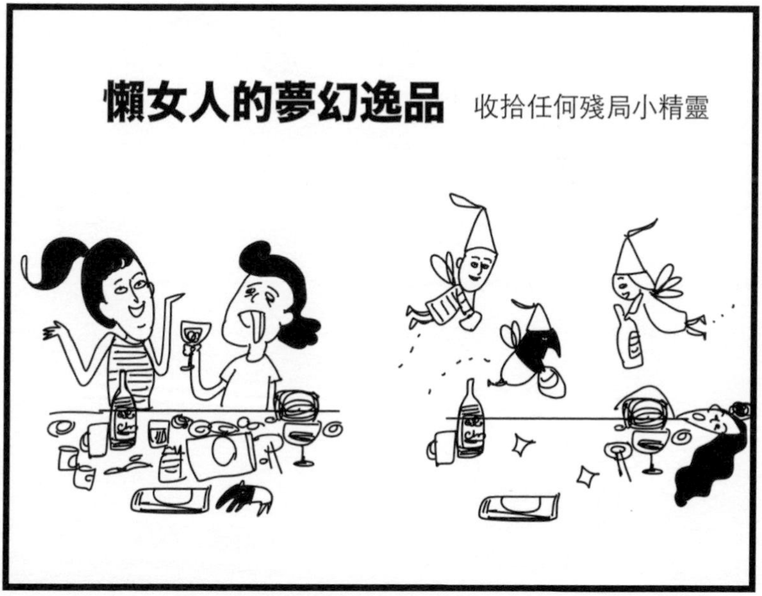
懶女人的夢幻逸品
收拾任何殘局小精靈

03 差異女

在辦公室
高傲又難取悅的Carin
見到偶像
呀 呀呀
CHERNG
卻會變成一個瘋狂大迷妹（還會製作板子那種）

Agy是一個地下樂團的主唱
給人感覺冷酷以外還是冷酷
見到小動物
但看到小動物還是會無法招架
並且會露出> <的表情

Emma是一個溫柔婉約
的出版社編輯
見到特價花車
誰也不能拿我的花車吼吼吼吼吼～～
特價
會立刻變成失去理智的喪屍
Angelin是一個職業超級模特兒
聽到導演喊卡
38°
啊啊啊啊啊啊啊啊
不過在夏天穿皮草大衣
拍秋冬廣告也是無法招架的.....

自我放棄系列

下大雨好煩人，乾脆衣著比基尼大淋一場雨

自我放棄系列

高跟鞋走紅毯好痛苦，不如直接穿夾腳拖，說不定還被讚譽別出心裁

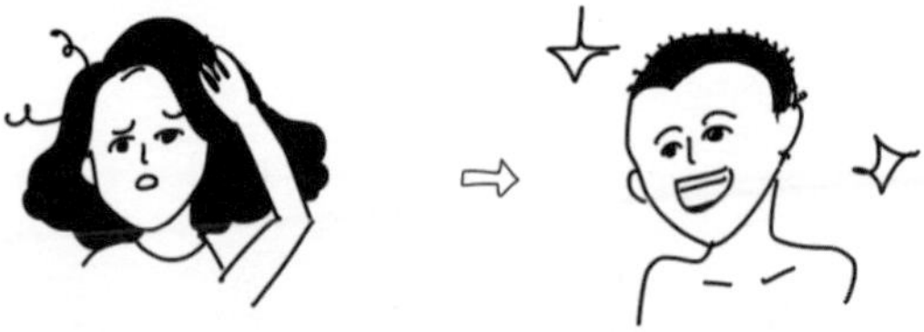

自我放棄系列

頭髮怎麼弄都弄不好，乾脆剃五分頭好了

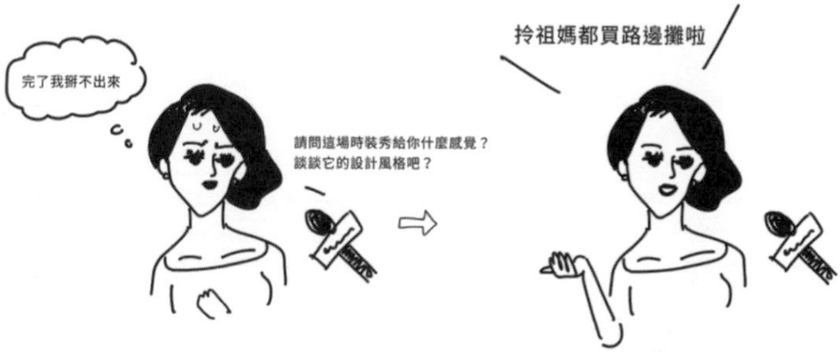

完了我掰不出來
請問這場時裝秀給你什麼感覺？
談談它的設計風格吧？
拎祖媽都買路邊攤啦

自我放棄系列

對於不熟悉的問題予以真誠的回應

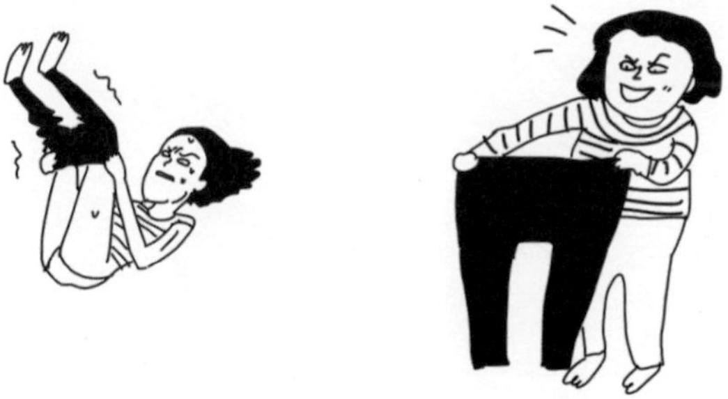

自我放棄系列

穿不下 S 號，就把自己養到變成穿 L 號剛好的體型

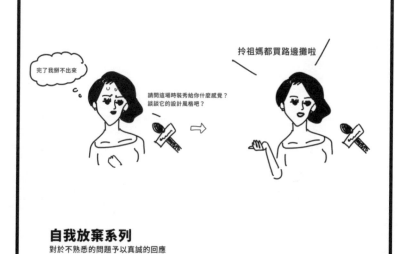

多希望鏡子是
身體的一部份!
鏡子の狂熱者
案例一

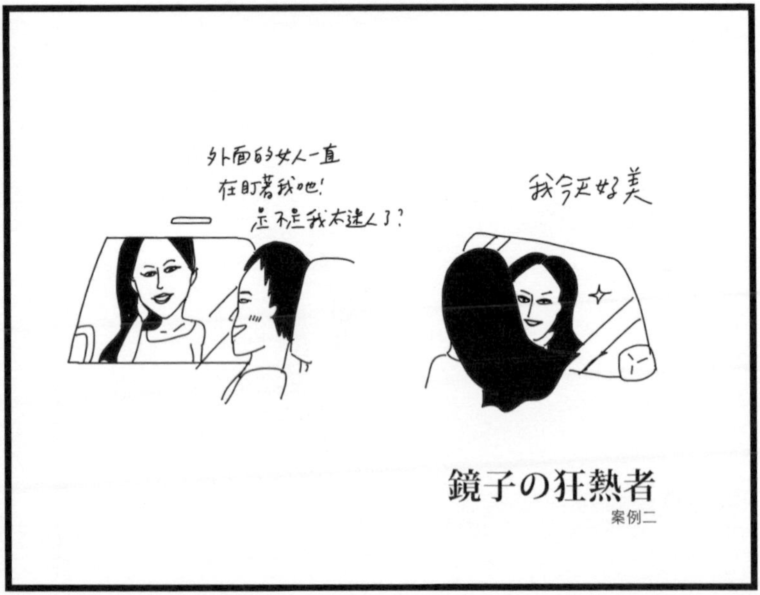
外面的女人一直
在盯著我吧!
是不是我太迷人了?
我今天好美
鏡子の狂熱者
案例二

小姐不好意思
妳照鏡子照了三小時了
我想下班…
鏡子の狂熱者
案例三

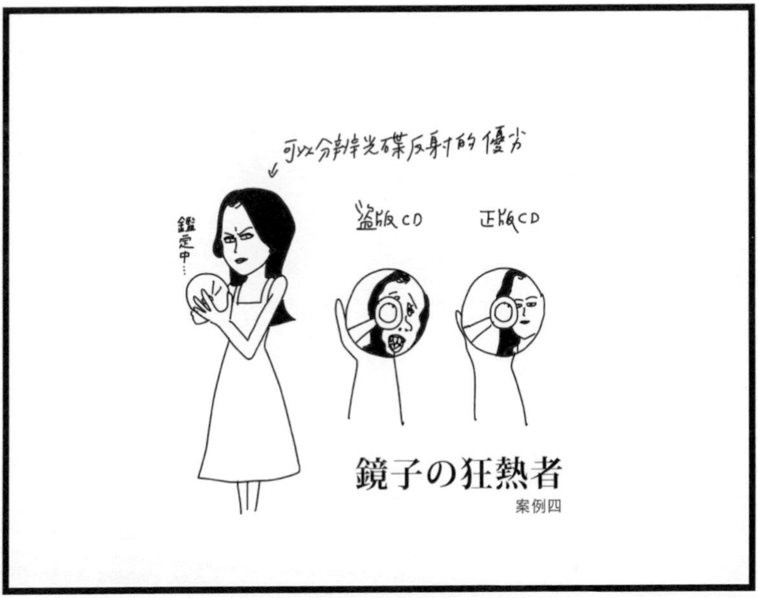
可以分辨光碟反射的優劣
鑑定中…
盜版CD
正版CD
鏡子の狂熱者
案例四

06 路上看見明星

謝謝光臨—
關
倉庫
Oh my god!!!
啊啊林青霞!!是林青霞!!!
啊啊啊啊
!!!!!!
是人都該興奮呀

Oh my god!!!
啊啊林青霞!!是林青霞!!!
啊啊啊啊
!!!!!!
青霞姐，對您來說
時尚是什麼?
Sylvia是名時尚記者
看起來高傲冷靜
總有一種老娘見識很多大場面的氣質
實際上根本澎湃到不行
還假裝很冷靜

女人的購物習慣
限量迷思
天哪
這種包怎麼會有人要買？
醜死了！
小姐！請幫我包起來

女人的購物習慣
一直買風格類似的單品
今天要穿點不同的風格！

女人的購物習慣

搶購的快感

給我!!!!!
啊啊啊!
閃開!

女人的購物習慣

高傲店員激將法

小姐
沒有買請不要亂摸
小姐
除了我剛摸的這個，整間店其他的都幫我包起來

女人的購物習慣
自以為某件東西有寫自己的名字
妳看！
這件衣服根本寫著我的名字吧！
這件才有吧！
Idiot

08 胖瘦都是問題

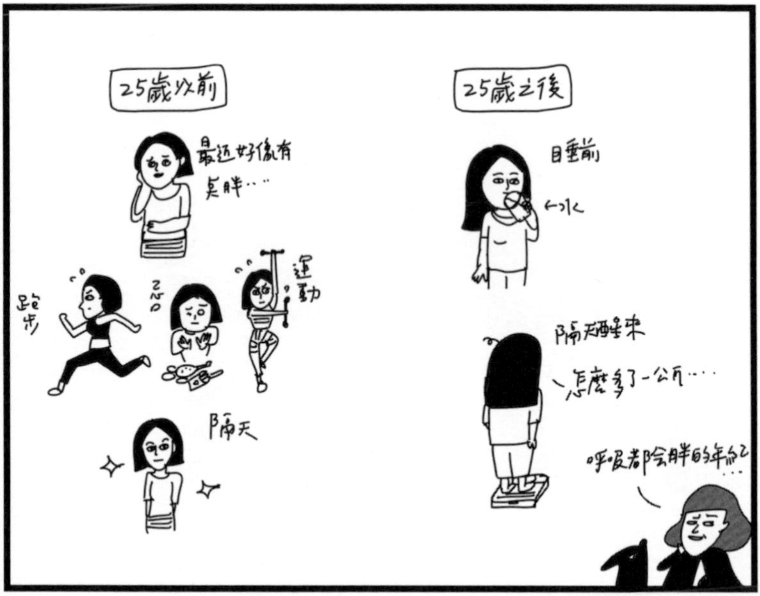

妳怎麼那麼瘦
妳有沒有吃東西啊?!
哪有!
我食量超大!
我一餐都可以
吃兩條魚跟
兩碗飯!
兩條魚
一碗飯
世界上有兩種話不能相信
一是帥哥說的我愛妳
二是瘦子說他食量很大

一個看起來瘦瘦的女性
餐桌下可能正在水深火熱
藏不住的
秘密—

4-5

社交場合愛注意

01——派對動物園

派對動物園

自拍炫耀族

Vivian Wang
天哪！是孫芸芸！是孫芸芸！
Amy Lee
妳去哪個派對？
Vivian Wang
一個時尚派對
Vivian Wang
天哪！是美珍！
Michel Lin
妳臉好大
Amy Lee
妳是去杜莎夫人蠟像館吧？
Vivian Wang
天哪！馬來貘！是Cherng!!
Grace Lino
羨慕！！

派對動物園
自戀哥
怎麼辦？全場焦點
一定都聚在我這裡啊
帥也錯了嗎？

派對動物園
沒有辨識度的名媛

派對動物園
裝熟魔人
天哪！Tiffany妳也來啦！
真的很好笑耶你Johnny
下次再見囉！Amanda
她誰啊？

派對動物園
存在感極低的壁花壁草

派對生態
派對大食怪
不吃不划算啊！

派對生態
浮誇的穿著
老娘一定是Party
裡最閃耀的一顆星
MUJI

派對生態

酒品過差

派對生態

運動服假嘻哈

嘻哈不是穿運動服配上金飾這麼簡單的

派對生態
愛吃假胃小
要不要來一點？
不用了，我很少在吃晚餐的
謝謝你
派對這麼晚才結束！老娘都要餓死了啦！！！
龍記小吃

4-6

禮貌禮貌很重要

01

捷運惱人配件

捷運惱人配件1：

全套鉚釘單品

捷運惱人配件2：
濃烈的香水

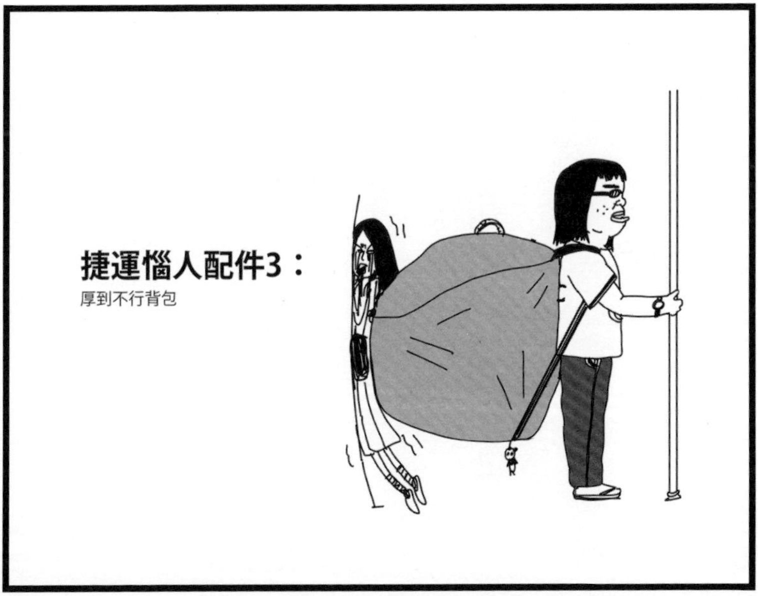
捷運惱人配件3：
厚到不行背包

捷運惱人配件4：
被誤認成具有博愛座資格的單品
博愛座 Priority Seat
孕婦優先！
…
(其實只是吃完吃到飽
還穿娃娃裝跟平底鞋)

捷運惱人配件5：
無法從身上卸下的伴侶
…

02——這款客人！

這款客人！

搶我的鏡子

這款客人！

纏住店員一直聊天
影響到其他需要店員協助的客人

這款客人！

明知大排長龍
卻依然要檢查到天荒地老

這款客人！

攜帶氣味強烈的食物

4-7

網路千奇百怪現象

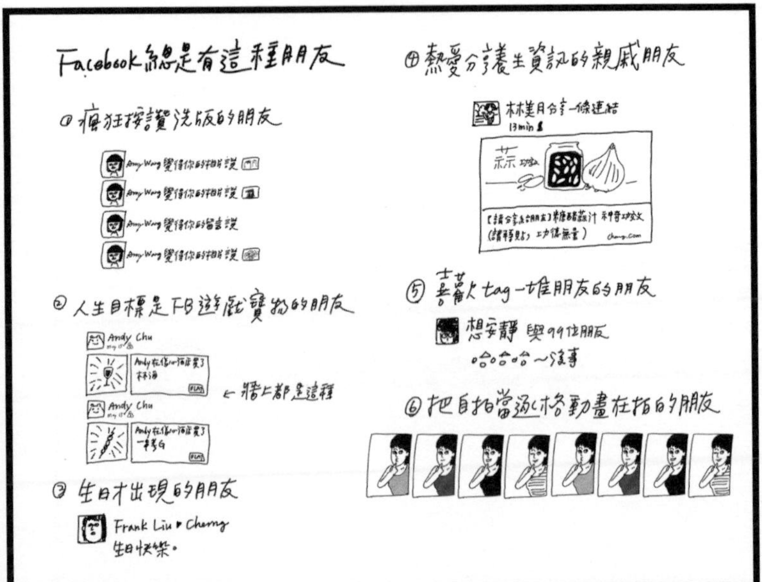

01

總是有這種FB朋友

02——身邊有原罪的朋友

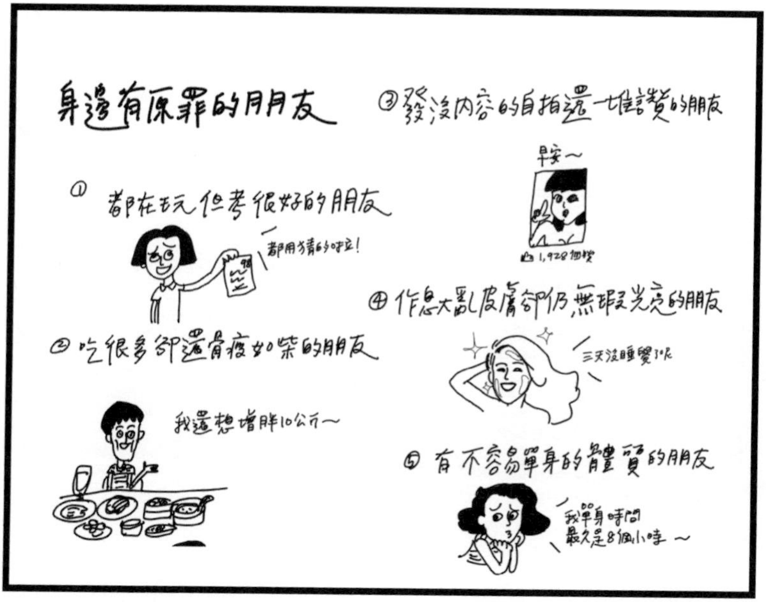
身邊有原罪的朋友
①都在玩但考很好的朋友
都用猜的啦！
②吃很多卻還骨瘦如柴的朋友
我還想增胖10公斤～
③發沒內容的自拍還一堆讚的朋友
早安～
1,928個讚
④作息大亂皮膚卻仍無瑕光亮的朋友
三天沒睡覺了呢
⑤有不容易單身的體質的朋友
我單身時間
最久是8個小時～

03——常見表情符號對照圖

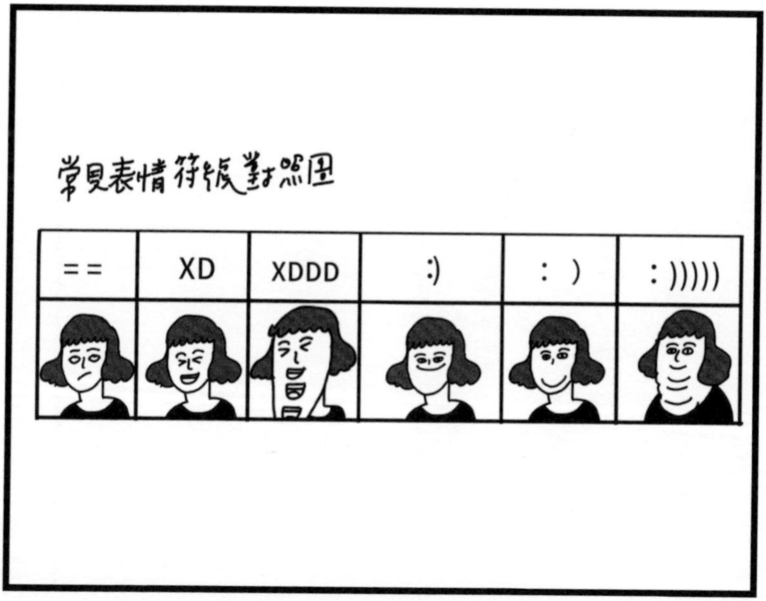
常見表情符號對照圖
==
XD
XDDD
:)
:)
:)))))

04——修圖拍照別太誇張啊！

董事長的淘氣小秘書
修圖拍照別太誇張啊！
模糊太過誇張的話
只會讓你成為言情小說封面的女主角

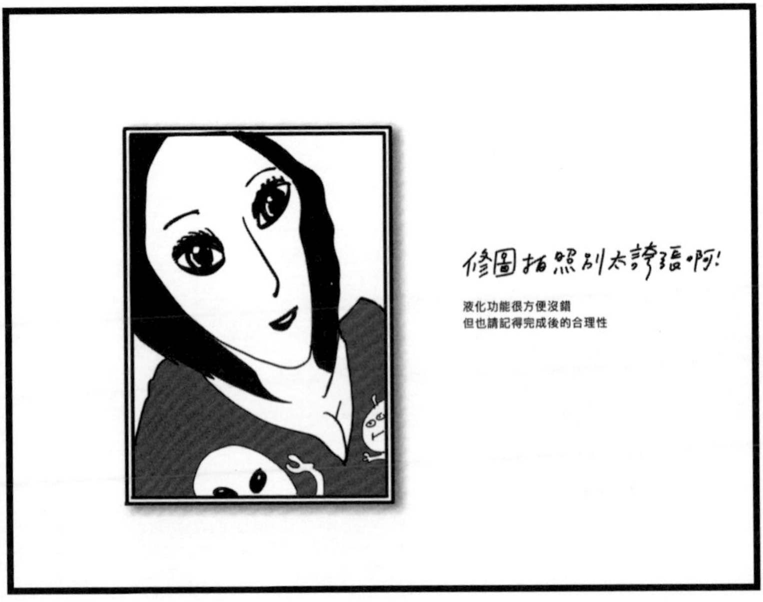
修圖拍照別太誇張啊！
液化功能很方便沒錯
但也請記得完成後的合理性

修圖拍照別太誇張啊!
跟臉小的朋友合照可以適時地往後
這樣臉可以看起來比較小
但也不要步行到出鏡的位置

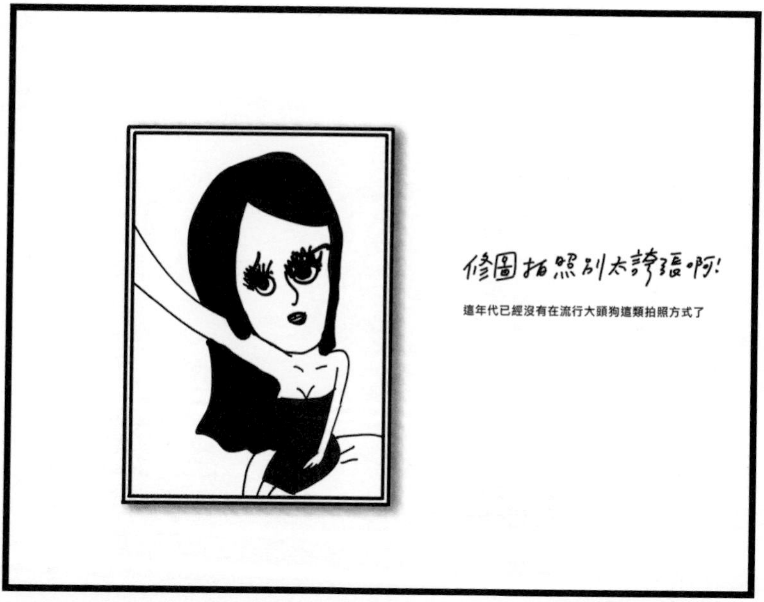
修圖拍照別太誇張啊!
這年代已經沒有在流行大頭狗這類拍照方式了

4-8

逢年過節不好過

01

尾牙

02——過年

親愛的，好久不見！
不好意思
請問你是？
我是美惠啊！你連
女朋友都忘了嗎？
人家只是過年吃比較
多而已啊！
我不相信
過年前的模樣

過年別再問了啦

小明
你這次考試有沒有考第一名啊？
我比較在乎這次台灣今年
經濟成長率(GDP)的預測預估值是3.31%
居然只有比2013年增加1.03個百分點
妳跟阿駿
怎麼都沒消息（小孩）呀？
我們都等很久了耶！
上禮拜我去拿掉子宮了辣～

04

情人節送禮

05
——
父親節

06

——鬼月看鬼片

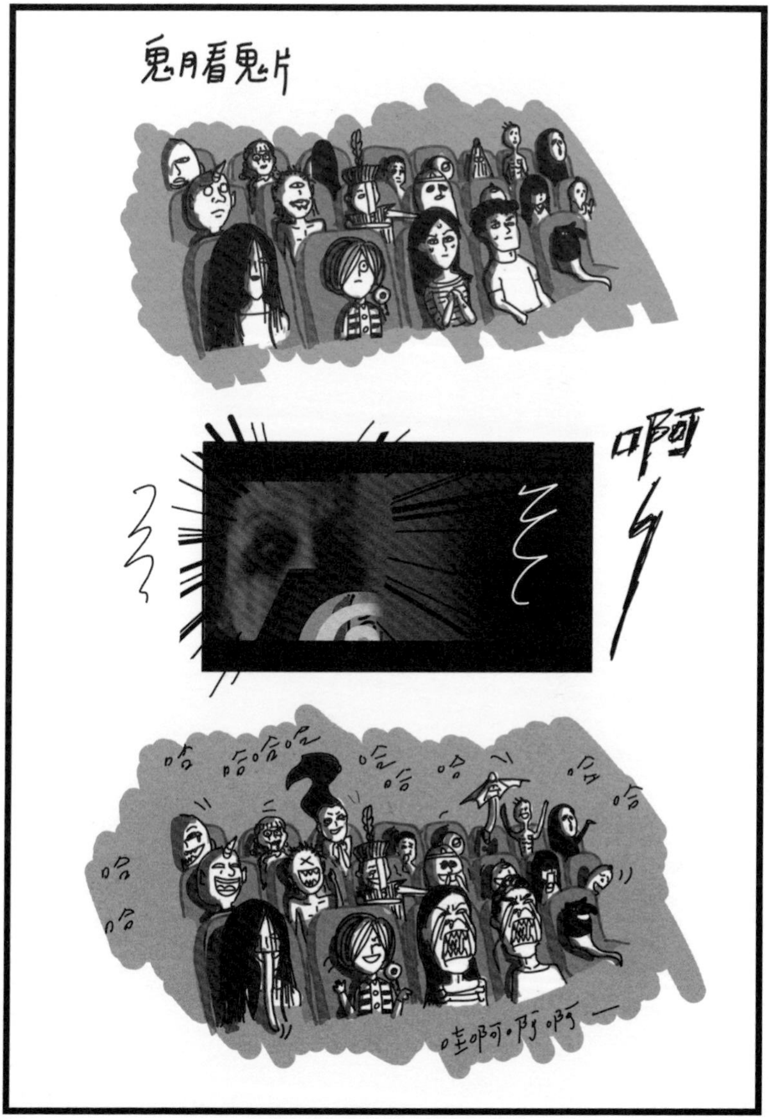

07 — 中秋殺人事件

中秋
月球 廣寒宮
哇！好香啊
小兔，今天中秋節
快點來一起吃烤肉吧！
嫦娥
吳剛
玉兔
對了！我們要不要
找玉兔一起來呀？
咦！！？？？
玉兔吃素說他今天不會來了
對了，你吃兔肉嗎？
快坐下一起吃吧！
很難得可以吃肉耶

08
—
萬聖節裝扮

4-9

那些年我們追逐過的名流

01——小魔女的轉變

02
——
成何體統
——
上

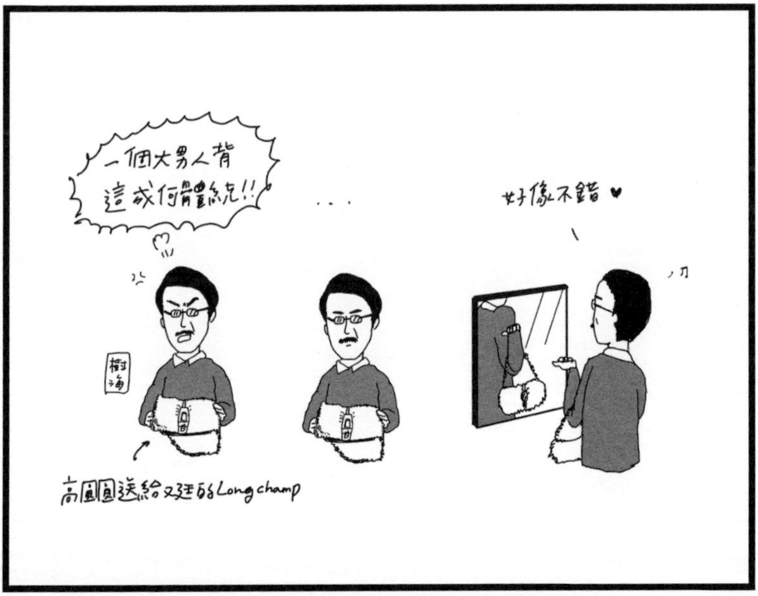

03
——
成何體統
——
下

04——卡卡血流如注

05——永恆的季老師

06
——
冰冰姐

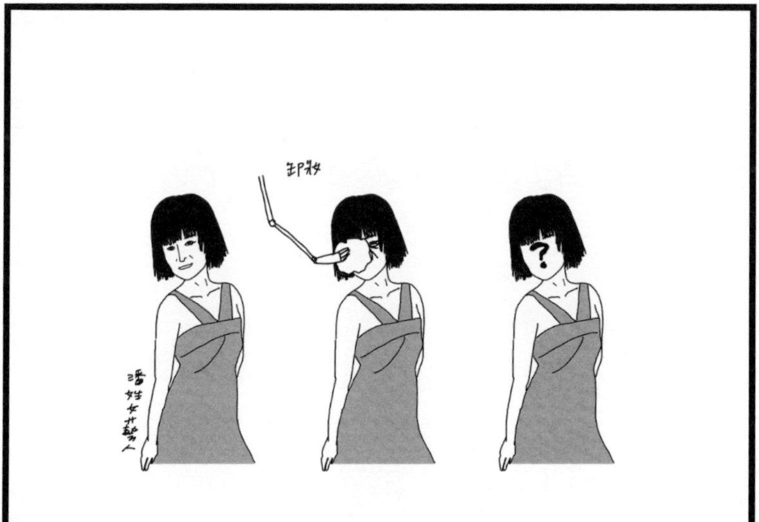

07
——
潘姓女藝人卸妝後

08——志玲姐姐被酸

09——秋香

10

——

張婷婷

11

——

裘莉與其子女

也有一片好夜景~
台北今夜~~冷·清·清~~
(兩個超齡的演出)
媽,精采吧?
電視劇
脫眼鏡後
一般情況
脫眼鏡後

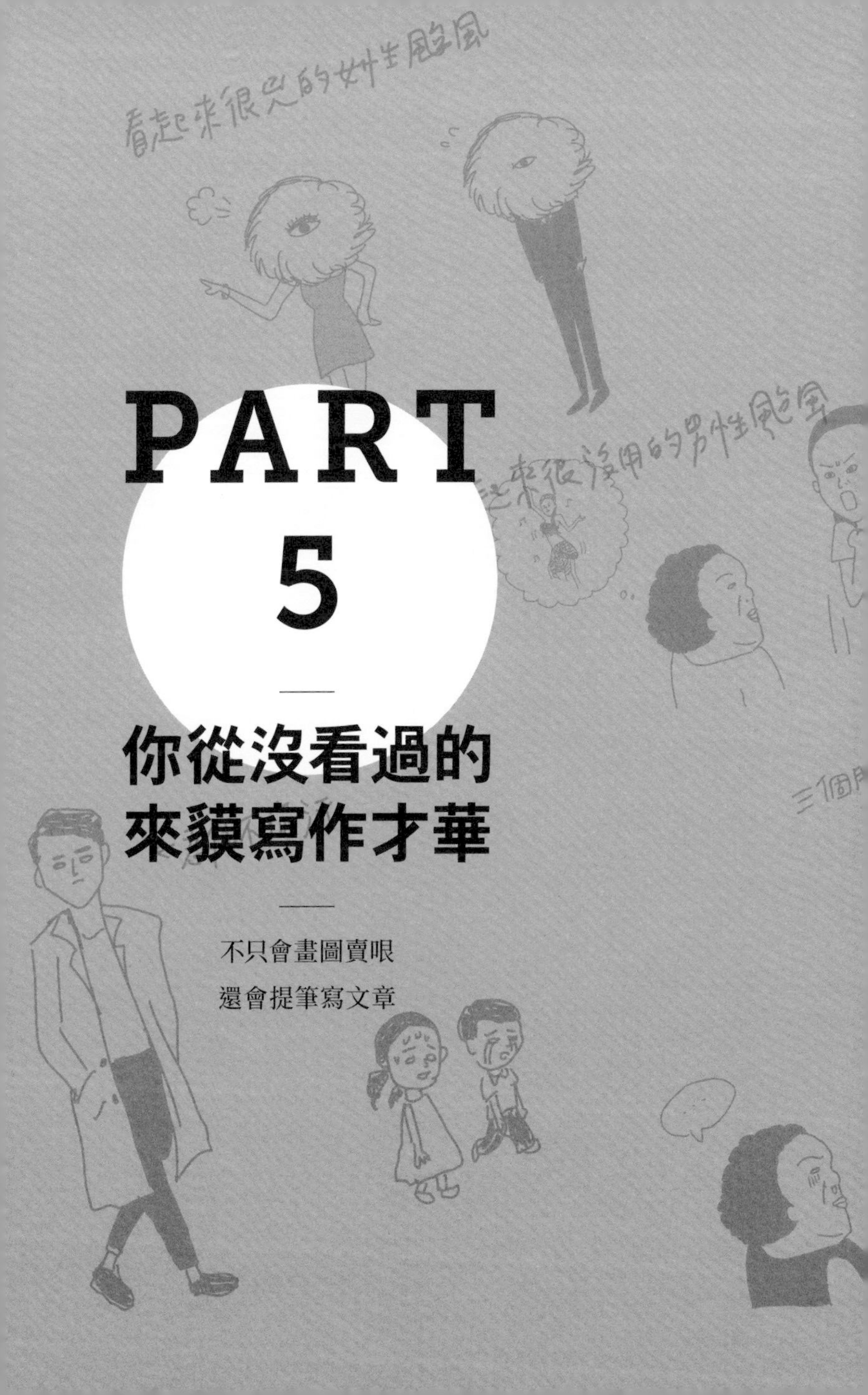

PART 5

你從沒看過的來貘寫作才華

不只會畫圖賣眼

還會提筆寫文章

5-1

防毒面具

站前新光三越前廣場或是西門町六號出口前附近，都會有三四個年輕人拿著一袋來路不明的印刷品（或是筆類文具）跟路人推銷。

當你走過他身旁的時候，他會假裝發給你說：「請參考看看！這是我們自己設計的作品……」下意識就告訴我們：「這是他們在發衛生紙之類的免費宣傳品吧？而且看起來厚厚的，感覺好像挺物超所值的！拿了還能幫他解決銷量，真是划算的一個動作。」結束這些心裡分析後，決定立刻拿了就走，年輕人就會衝過來說：「不好意思，這是我們設計系自己出的設計商品，一個三百元。」這時候，很多國高中生都會因為不好意思再還給對方而掏錢購買，大人則是怕被認為這人真是貪小便宜而被迫買下。

不得不佩服這種低劣的行銷手法（賺臉皮薄的人的錢），雖然職業不分貴賤但是這種影響路人的行為真是莫名地惱人，這跟在路邊直銷陌生人問說你的夢想在哪裡、你平時有在做環保嗎的人有什麼兩樣？除此之外，自稱那些意味不明的醜陋印刷品稱之為設計商品更令設計系出身的我為之憤怒，台灣設計產業這麼萎靡你們要負一半責任！

所以每當在前方（但又必須通過）察覺有這類的人出現時，有些方法可以減少他們主動上前推銷的可能，像是我就會把臉色弄得很難看；要不就是田徑百米賽的速度衝刺過去，再不行就戴個防毒面具吧，我想這些方法是最不會浪費彼此精神成本的一個作法了。

前面又有那種
推銷.
看樣子閃不掉了

....
還好隨身攜帶
防毒面具

5-2

台北今夜冷清清

我不是很喜歡除夕夜，因為我是家裡最小的小孩（年紀跟我最接近的哥哥大我十歲）所以年夜飯餐桌上的話題我永遠晚人家十年，例如我在小學的時候他們聊著大學生活；我國中的時候他們討論職場的事情；我高中時他們已經抱著小孩一邊探討金融理財或是房地產。

雖說如此但我還是會很 enjoy 整個過年的氣氛。我們家的傳統是吃完年夜飯要在十二點前趕快回自己家拜天公（因為全家都是台北人且住很近，加上阿嬤家是在從家裡步行可到達的距離，所以都會回家），所以年夜飯大概吃到九點多親戚們就會紛紛離開阿嬤家。每次我都會跟我姊姊一起走回家，漫步在鮮少人煙的台北街道上，都會情不自禁唱起洪榮宏的〈台北今夜冷清清〉（請不要對我們投以異樣的眼光），冷冷的天氣，此起彼落的鞭炮聲更顯得台北的安靜，兩人一邊走回家一邊唱著不合宜我們年紀的歌曲與唱腔，這是最喜歡除夕夜的這個 part 了。

幾年過去那時國中，也是姊姊嫁人的第一年，年夜飯結束才驚覺我要一個人走路回家，雖說不是什麼太困難的課題，但就有種落寞的感覺，明明都是同一家人為什麼不能一起過年，深深感受到「嫁出去的女兒就像潑出去的水」這句話的真諦（是用在這裡嗎）。

就算是到現在，我還是很懷念當時過年的感覺，如果可以好想再跟姊姊一起走回家，然後唱「台北今夜冷清清」。

（其實我現在跟姊姊一家人住在一起每天要唱也是可以啦～）

台北今夜
冷清清～
(抖尾音)
也有一片好夜景～
(抖尾音)
台北今夜～～冷·清·清～～
(兩個超齡的演出)

5-3

公家單位偶像明星

不覺得只要一有長相出眾一點的公務人員，媒體都會爭相採訪（也不知道是誰去發的記者），然後媒體都很喜歡用【（公家單位）的（偶像明星）】這個公式來形容這位公務人員，而且每當說神似哪位偶像明星，新聞都會製作對比圖並配上相似度百分之多少，但是明星與素人比較只會顯得素人的粗糙，這除了對於那位本來就長得比較出眾的素人很不利之外，也對那位偶像不太好意思吧。

最近看到一個顯眼的新聞標題叫做「環保局楊佑寧，讓薄紗熟女嬌喘」，基於好奇心我點開了新聞，看到後只覺得記者非常有創意，因為一點也不像楊佑寧啊！老實說這位環保局楊佑寧長得算是出眾，但與楊佑寧一比之下真的是會讓場面不太好看。

後來就在私人 Facebook 發了【（公家單位）的（偶像明星）】這個公式之探討，沒想到引起朋友們的熱烈聯想，我自己先提出了警界郭雪芙以及環保局楊佑寧這個案例，結果有人說之前有客運沈佳宜；還有好友宅女小紅出版界張鈞甯；以及本人我是插畫界的馬世莉（我腿很長）、粘嫦鈺（我很八卦）、江蕙（新品上市秒殺），還有阿信（無怨無悔地配合改稿，but 是日本那個阿信）。之後有人提出把公家單位換成地名的公式，於是出現了：內湖張曼玉 汐止蔡依林 三重金城武 樹林碧昂絲 龜山芭芭拉史翠珊 菜寮 Lady Gaga（越來越國際化），不過其中有一個感覺是真實報上戶籍地的案例：中和蔡小虎（感覺蔡小虎住中和超合理的）。

所以希望記者朋友不要再用神似哪個偶像明星的標題陷害那些各領域長得不錯（明明又不像那些偶像明星）的素人了。

警界 林佑威

軍界 郭采潔

法界 任達華

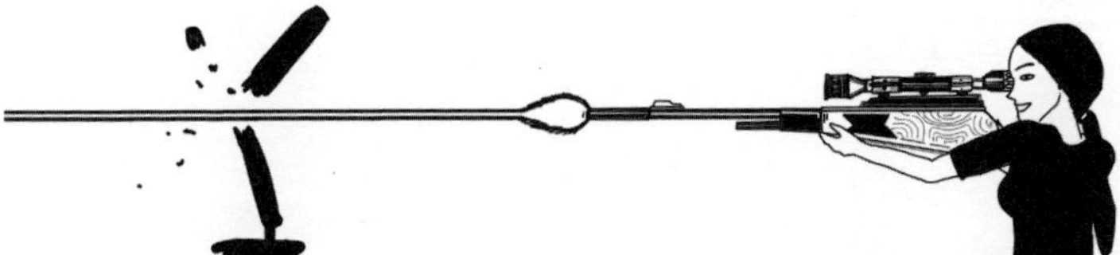

5-4

神秘插畫家

當初我都以一個不露臉姿態的神秘插畫家自居，不時把畫中的自己畫得又老又醜，以防哪天真的見到本人還會有個緩衝。不過之前給某個大學報的學生採訪，學生看到我第一眼的反應居然說我與我畫的人物真的好像，根本一模一樣！當下我給了那位女大生一巴掌（當然是開玩笑的），只能說我企圖營造的氣氛一點效果也沒有啊。

不過在某次採訪放了我的照片後，我的樣貌就赤裸裸得呈現於網路世界，當初不露臉的堅持也隨之瓦解（雖然也不曉得當初為何會如此堅持）。我也因此變成了一個半公眾人物，偶爾走在路上還是會有些民眾會認出我。對於一個基底是凡人的我感到有點不習慣，畢竟有時走在路上旁邊突然有人突然看著你偷偷碎語然後拿出手機交叉比對（確認是否為本人的手續）的情形一般人比較不常見吧。

但老實說要被認出來，我比較喜歡直接過來跟我搭訕要簽名勝過在一旁偷偷碎語討論的人，因為那感覺實在是說不上來的不自在啊，因為你要直接走過去跟他說：「是，我就是他！」這也怪怪的，要是發現根本不是在說我那我豈不是該去辦理移民？但如果又直接走掉好像又有點失禮。所以遇上這種情況感覺就像在心裡打了一場泥漿摔角啊。所以希望大家以後若真的認出了我就假裝沒看到我，然後快速離開以免被我偷偷咒罵（什麼勸告）。

不好意思…

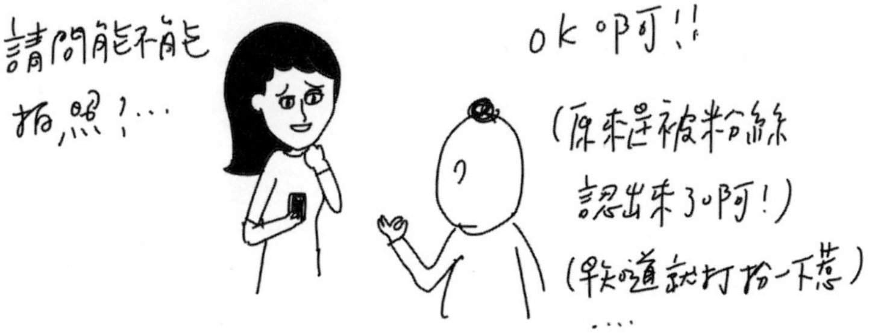
請問能不能
拍照?…
OK啊!!
(原來是被粉絲
認出來了啊!)
(早知道就打扮一下惹)
....

Ya!
1. 2. . . 3. .

5-5

幫颱風取名字

為什麼要幫颱風取名字呢?而且名字有越取越怪的趨勢，2001 年以前的名字都以外國人名字為主軸：溫妮、賀伯……。但 2001 年後陸續都有一些中式名字出現：悟空、桃芝、象神等等。有時後也能推斷得出來這些名字來自於哪些國家，例如 2001 年就有個榴槤颱風（不信可以去氣象局網站查），就是一個不可否認的泰國名字。

因為對這颱風名字的好奇，有聽到長輩們說起一個謬論：「颱風是女生的名字都比較強。」而這句話就深深植入我對於颱風強弱與否的判斷準則。「這次叫做琳達颱風應該會很強吧？啊，這次風好像沒有很強，但是雨算滿大的，可能真的是這樣耶！」每每都會幫它們找很多藉口。但後來長期觀察的結果這根本是無稽之談，颱風取名的機制並不是因為他的強度啊！（不過我卻因為這個謬論而傻傻地相信好幾年，甚至還一直跟身旁的同學推廣這概念）

而且到後來颱風的命名也有越來越中性的趨勢（雖然這不是重點），有一年的某個颱風叫做「海葵」，當下看到覺得像是個玩笑，仔細想想取名的人也未免也太沒責任了吧。

我還會不時的聽到長輩在說：「這次颱風是女的一定很強很兇！」，這種感覺就像是法官宣判：「因為你長得醜，所以有罪。」的感覺，完全依照自己的觀點來發表客觀的宣言啊。

我只希望以後我絕對不要變成這種長輩。

看起來很兇的女性颱風
看起來很沒用的男性颱風

5-6

綜藝節目

小時候的綜藝節目都會有一些詭異和令人匪夷所思的表演，像是有兩個表演就讓我很不解。

一個是陰陽人的表演：

表演的人會把自己分成兩半來妝髮，一半是男另一半是女，衣服的部分都很講究，會去特別訂製成一套陰陽各半的華麗禮服，然後表演時只能其中一邊會面向攝影機表演。表演的內容是男女情歌對唱，表演者會一人分飾兩角使用男性與女性的嗓來詮釋這首歌，這真是我覺得一個詭異之餘又達不到效果的一個荒唐演出了。（是我太嚴格嗎）

另一個是肚皮舞表演：

不是那種中東肚皮舞，而是中年男子肚皮舞，它通常是由中年男人來做這種表演，而且常會扮成有墨西哥風情的老菸腔（肚皮都會夾一根菸）（到底為什麼啊）這些表演每每看到都相當匪夷所思，它的用意到底是什麼呢？此表演的真諦為何呢？以後要怎麼對自己的晚輩提及這些表演經歷呢？（杞人憂天）

剛剛看電視有
肚皮舞的表演好精采
我明天要去學!!
三個月學成後
媽,精采吧?
...

5-7

兒歌

兒歌有很多令人無法理解之處，王老先生有塊地之後為什麼要加咿呀咿呀喲呢？是這塊地有什麼理由要我們歌頌出他並且咿呀咿呀喲？經過我縝密的思考過後應該是屬於音樂上的一種 free style，感覺就像很多人在唱 R&B 都會有一些無意義的轉音。或許王老先生可能是個熱愛藍調的農民，每天都會帶點 R&B 的風情的哼唱下田耕作吧。

另一首我覺得實在不宜給小孩子欣賞聆聽，「妹妹背著洋娃娃」為什麼呢？我們就一句句來分析好了。

妹妹背著洋娃娃／走到花園來看花

這沒什麼大不了的 只是表現童真的孩子罷了。

娃娃哭了叫媽媽

這句一出來相當驚世駭俗，為什麼一個布娃娃無緣無故的哭泣分泌淚液，並且開口叫媽媽？這時背著鬼娃娃的小女孩一定非常驚恐而不知所措，對於一個孩子而言這種驚嚇甚至一般大人都無法承受的啊。

樹上小鳥笑哈哈

小鳥，這關你什麼事呢？為什麼要笑她，甚至見死不救？見到一個撞邪的女孩你還笑得出來，真是人情冷暖，我想這就是現代人吧。

5-8

坐著尿尿一事

我大概國小五年級以後都開始坐著尿尿了。先說一下起源好了，當時住在每次說出地名都一定會被問「你家有淹水嗎」的汐止，汐止它其實沒有這麼愛淹水（而且也很久沒淹了）可以請大家不要再誤會它了好嗎，雖然現在已經不住在汐止但還是為汐止有這種刻板印象打抱不平啊！

但話說回來其實當時會坐著尿尿其實也跟淹水有關，當時因為某個颱風下了個大雨導致汐止淹大水陷入災區狀態停水停電，所以美珍（我母親）就很嚴格控管馬桶的使用機制，例如要小號要集滿三個人以上的使用量才可以沖掉（當然大號就不能實行此政策）。

或是有人上小號結束會在馬桶上宣告說「有誰要接下去上的」這麼做全都是為了要省沖馬桶的水量。就因為要省水，所以沒有多餘的水去清理馬桶邊邊因為男生沒射準而噴出來的尿漬，於是美珍下令每位男性小便時都必須坐著進行，以防尿漬亂噴的情況發生，就演變成我現在還坐著尿尿的一段歷史典故。

個人覺得坐著尿尿是一件非常值得宣導的一件事情，第一它可以不用一直掀或蓋馬桶坐墊，讓尿尿這件事更簡單；第二你永遠不會計算到你下一秒尿會噴到東南西北哪個方位，請好好孝順你母親，不要再讓她蹲著擦你的尿滴了，第三甚至你可以拿省下來清馬桶的水費去做更有意義的事情。

有人覺得坐著尿尿有損男性尊嚴，不過我覺得男性的尊嚴不是用站著尿尿可以證明的啊。如此划算的一件事情個人是相當推崇的。

【後記補充】

因為那次停水停電，我們家使用廁所的機制也因此改革，就如剛才提及的我們至今在結束小號時還是會大喊說還有誰要上的，如果接下來要上的同時有人要大號有人要小號，會以上小號的為優先最後再以大號為主，若同時接下去有兩個人都要大號則會請其中一人去另外一間廁所進行大號。每次看到大家努力地執行這個機制美珍就會露出驕傲的表情並說出：「真是賺到（水費）了啊～」（主婦的驕傲）。不得不說這機制不僅可以省下您的荷包，還可以增進與家人之間的感情，並且感受上一個人的體溫，彼此拉近家人之間的關係，如此經濟實惠的事情何樂而不為呢？

5-9

美珍的電鍋

某年我跟某公司出了一系列的限量家電，其中有一項是電鍋，當時有造成小小話題，也創造出一小時賣出一千個電鍋的人生佳績（撥瀏海），當然我家裡原本的電鍋也被取代換成我的。

某天下午美珍來家裡做菜，打開正在滷肉的鍋子想著手裡的鍋蓋該放在哪裡，看到旁邊的電鍋空空的順勢就放了進去，結果熱脹冷縮電鍋立刻吸了鍋蓋，加上熱空氣擠壓變成一個真空狀態，鍋蓋怎麼也拔不出來。美珍慌了一度還拿水果刀往電鍋內猛刺，我深怕發生家庭血案於是發布到粉絲團求救（有高人氣粉絲團的兒子真是方便），沒幾分鐘就湧入了上百則的解決方法，可見大家也都很有經驗啊。

解決辦法很多，不外乎都是加熱水加冷水加沙拉油加沙拉脫；重新開啟電鍋再煮一次；讓空氣跑進去等等；拿刀子撬開；也有人希望我們成全它們讓他們在一起（其實很多說到後來聽起來都像都市傳說一樣荒謬）。我們實際執行了很多方法，我們有把電鍋重新打開，不過打開的同時也非常擔心會不會造成台灣另一起的氣爆事件，在這種不安的情緒下更增添了作業的困難。我們也嘗試將鍋蓋綁著毛巾，一人拿著電鍋一人往後拉的作業方式，可惜它仍然無動於衷（這時真希望家裡有一組景美女中拔河隊）。

試了許多方法都失敗後，感覺相當氣餒，也有點處於半放棄狀態，甚至想著「就算裡面有鍋蓋還是可以蒸東西啊～」的消極想法，最後不知誰提議說可以在鍋子裡面塗油，我們就姑且一試把邊緣塗了很多橄欖油打算慢慢讓它滑入真空地帶，就讓它冷靜沉澱一個晚上。

隔天一早就聽到廚房傳來歡呼的聲音，原來是姐夫成功地將其分離了（居然為這種事歡呼真是沒出息的家庭）。據姐夫所言：一早看到電鍋的邊緣浮出了一些小氣泡，推斷已有空氣悄悄潛入，但鍋蓋仍是沒有浮動的跡象，於是姐夫就扶著鍋蓋把手左右扯動讓更多的空氣進去，沒多久鍋蓋就開始鬆動最後順利取出，全家歡欣鼓舞。

昨天甚至還有相同經驗的朋友傳訊息跟我說：「這種情況沒救了，買顆新的吧，請美珍不要難過了。」當時就抱著一個絕望的心情來面對這樁蠢事，誰知早上他順利分開了，這種感覺就像是法官判了你死刑，隔天臨刑的時候俏皮地跳出來跟你說：「嘿嘿～跟你開個玩笑啦，你可以出獄了。」

這故事告訴我們兩件事情，很多事情是急不得的，讓它慢慢來就會找到事情的出口的；再來就是鍋蓋很熱的時候不要放進電鍋。

真空卡死狀態

毛巾拉
從來沒想過會有這天這樣使用電鍋)

5-10

風衣的體驗（上）

本人很幸運地參加了某知名品牌的風衣藝術展，簡單介紹一下那個展覽好了，品牌邀請了台灣三十位在各領域上有成就的人穿上風衣並且拍照在店內展出，而剛好敝人在極幸運的情況下被選上了（而且還是有經過英國總部的審核呢！是不是相當拉風？）（據說也有同領域送去英國那關就被刷掉了呢（八卦口吻））。

雖說此事覺得拉風又時髦，不過得知要在七月的台北市戶外穿著風衣進行拍攝這件事真是讓我感到五味雜陳，但據我所知很多秋冬裝都是在夏天時拍的，所以只好一直告訴自己「我現在走的很前面」，好讓自己減少一點身體上的痛苦。

拍攝當天接近中午十二點，是一整天最炎熱的時段之一，然後小豬小羊也有被邀請（當時三歲的龍鳳胎外甥）。他們預計的畫面是我帶著他們兩個在敦化南路上的安全島上嬉戲，不過這劇情在這時空下是完全不成立的，不過我們還是先試了一輪，天氣很熱所以他們暫時沒穿上風衣，但小孩過沒幾分鐘就開始沒耐心了，加上我也不是個會控制小孩的人，我猜整個畫面呈現就是一個穿著風衣的男人與兩名滿頭大汗的兒童，基於畫面的邏輯性最後我還是獨立拍攝了。

只能說那次的拍攝經驗實在太令我印象深刻了，不過想想也不錯，誰會能有穿著風衣走在35度高溫的台北市安全島上的經驗呢？

←忍住不流汗

5-11

風衣的體驗（下）

上一篇提到我參加了某品牌的風衣藝術展的拍攝，並且在一個豔陽高溫的天氣下著風衣進行拍攝，成了我人生中難以忘卻的記憶之一。

九月初的時候，品牌有為這個展辦一個派對，邀請有拍攝的人一同參加。說是一個輕鬆有趣的活動，加上參加時尚派對這麼拉風的事情不去也太不划算了吧（一些村民的心態），我隨即就答應參加了。

活動當天我就跟小豬小羊（同樣也有參與拍攝的外甥們）衣著華麗且很亮麗地出席（因為品牌有提供妝髮與服裝）。我們先被安排到貴賓休息室內準備，貴賓休息室是一個看起來極高級的場合，有包廂有沙發也有一些像餐廳的桌椅（好難形容的一個場合），一進去有服務生來接待，並且被很高級的方式服務著。

坐定後我瞥見一個包廂，裡面有不少人，仔細看全部都是一些明星藝人，那個氣場是我此生從未感受過的感覺，有一種我誤闖天庭，看到某個涼亭裡面有一堆神明與仙子在開會，然後一接近就會被他們的仙氣撞開到九霄雲外的感覺，真覺得我處在那個空間只像是一塊多餘的草包，坐落在哪裡都不對呀。

活動開始我有被安排走入場的紅毯（相信看到這應該很多人在心想你到底憑什麼），我們就從貴賓休息室集體搭電梯下去到會場，電梯不大所以有點擁擠，當時歐陽靖就背對我前面三公分的位置，我甚至清楚看得到她的天靈蓋（歐陽靖應該沒想要聽到這些）。私以為走星光大道對於見識也不算少的我來說不算太難，誰知道一出場我身體簡直像是被冰過三天一樣僵直，被攝影大哥說要擺出一些pose，當時真的太無助了，隨即擺出了一個雙手比YA的不入流pose，此pose一出整個媒體區大笑一聲（真不愧是詼諧插畫家啊（蓋章）），發現不對勁我就趕緊換了幾個無聊的姿勢，拍完給電視採訪後就結束這段很業餘的紅毯。

其實整個活動還沒結束我就因為外甥小孩不能太晚回家之故先行離去，但整場活動進行得非常順利，而且也非常好玩精彩的，讓我們一介草民也可以看看這樣的情況也是相當特別的回憶啊。

（回到家的時候發現隔天還要交稿，髮都還沒卸就得坐在電腦桌前繼續趕工，立刻能感受到仙度瑞拉，參加完舞會後還要逃回家做家事的心路歷程。）

雙手比YA的不入流pose↑

5-12

脫下眼鏡

人生第一次戴隱形眼鏡是有一次高中跟朋友走在街頭，路邊剛好在促銷一些當季火紅的水水美瞳放大片，於是一群人就被抓去眼鏡行裡面試戴。因為是第一次戴，所以對於把異物放進眼球這行為執行了相當長的一段時間，當時覺得自己很像有肢體上的疾病，一切用起來都相當不協調。好不容易戴完後發現鏡子裡的自己有種說不上來的衝擊感，分析原因有二：第一是很久沒有清楚看過自己沒戴眼鏡的樣貌，可能無法接受鏡子前沒戴眼鏡的自己。第二我戴的是水水美瞳放大片，畢竟我也不是一個長相精緻的人，配上水汪汪的的眼睛我想連我母親可能也無法接受這種長相吧。

我覺得長期戴眼鏡的人突然沒戴眼鏡都會有一種排斥感，完全不像電視劇那種醜女大翻身的戲碼，戴著厚厚眼鏡脫掉後變成一個世紀大美人，身邊出現的只有脫掉眼鏡像是浣熊或是蟾蜍的朋友，怎麼看怎麼怪啊。連我自己也是其中之一員（摒除我戴上水水美瞳放大片的因素）。剛戴隱形眼鏡的那段期間需要與朋友度過一段磨合期，才能真正的解脫那不可思議的排斥感。

記得以前看到某集《康熙來了》，來賓是方大同，被主持人要求脫掉眼鏡看會長什麼樣子，結果主持人對他的評語就是一個普通的路人。我覺得眼鏡對人來說應該算是某種程度的妝吧，沒有了眼鏡就像女藝人無法素顏一樣重要。

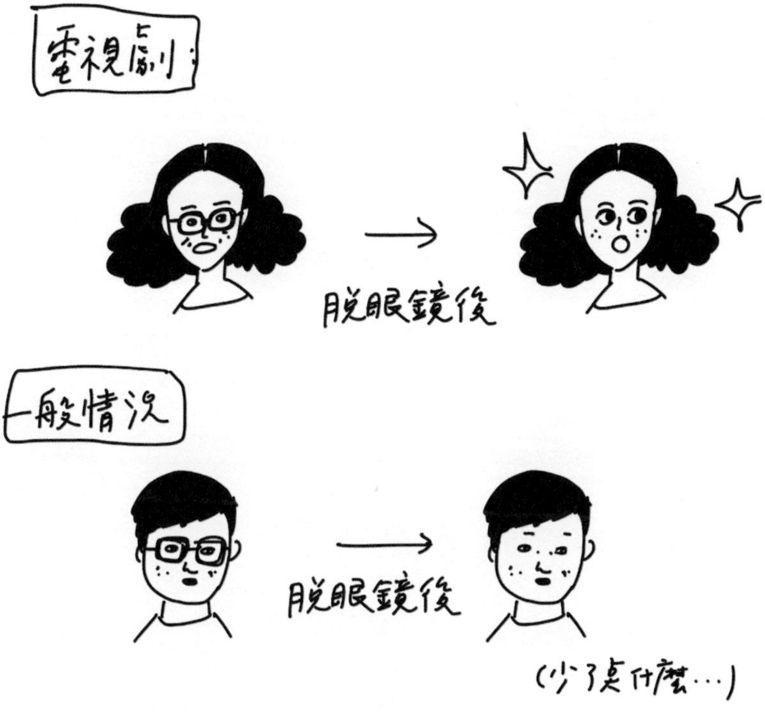
電視劇：
脫眼鏡後
一般情況
脫眼鏡後
(少了點什麼…)

09

05

01

10

06

02

11

07

03

12

08

04

PART 6

交換畫一畫 插畫家好友們的祝賀圖

爭奇鬥豔，名家齊聚一堂歡慶

5th Anniversary

13

14

15

01. Zzifan_z　02. XUE　03. Duncan　04. 山羊先生　05. Hideo Maeda
06. Sticky Monster Lab　07. 太陽臉　08. 子宮頸 Yen　09. 掰掰啾啾　10. 爵爵與貓叔
11. Miss Cyndi　12. 馬克　13. Amy さん　14. 鹵貓　15. SECOND

HAPPY
5th
ANNIVERSARY！

進入這產業可能因私下或是工作關係認識很多才華洋溢的畫家們，而我也很喜歡他們用自己擅長的表達方式來互動。所以很不要臉地一一去邀請他們畫一張祝賀我五週年快樂的圖畫。很高興也很榮幸每個人都很爽快地答應了，個個都非常用心且精彩，覺得真是百家爭鳴、爭奇鬥豔，一方面我猜應該也是有著不想輸給彼此的成分吧（我自己亂說的～），不管如何我本人相當感動且感激。

p.s. 1（此篇出現順序是作者本人用抽籤決定）
p.s. 2（開門頁圖）由 Cherng 繪製回贈給每一位參與此次祝賀圖的朋友們。

6-1 ——Zzifan_z

以《肉女草男日常》為代表作，希望用溫柔舒服的線條和顏色，描繪自己正在參與的世代，著有《我們的戀愛小宇宙》。

6-2 ——XUE

圖像工作者，領域包含視覺設計、壁畫、插畫，以生動線條與趣味配色呈現出不落俗套的創作風格。

6-3 ——Duncan

台灣插畫界臉書粉絲數量最多，至今仍以戴面具現身的神秘插畫家，默默地觀察人間百態做為創作題材。

6-4 ——山羊先生

從市集崛起的插畫品牌，以充滿繽紛色彩的純手繪作品聞名，曾受邀為台新銀行設計二十週年限定版玫瑰卡卡面。

6-5 ——Hideo Maeda

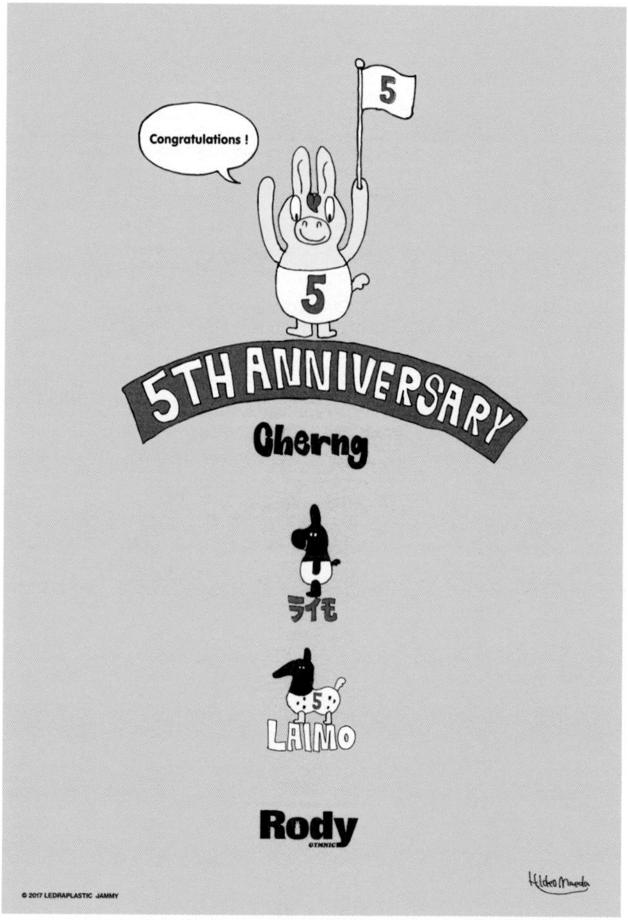

RODY 之父，出生於義大利的跳跳馬 RODY 於 1990 年登陸日本並打進國際市場，色彩多變及有趣可愛的造型， 深受大小朋友的喜愛。

6-6——Sticky Monster Lab

來自韓國的創意團隊，透過平面、角色、動畫在亞洲掀起熱潮，以「有缺陷的小怪獸」為創作中心，國際各大品牌爭相邀約合作。

6-7 ——太陽臉

曾入選六次 American Illustration 美國插畫獎、兩次 SND 世界報紙設計獎，長期以繪製同志生活漫畫聞名，其實正職為三貓僕人。

6-8——子宮頸 Yen

以女性的角度去描繪對於愛情的想像，時而幽默時而辛辣，曾著有一本名為《女・性》的插畫書。

6-9 ——BYEBYECHUCHU

初期以兩性創作動畫影片聞名，屢屢創下高點閱率，作品延展性廣，知名角色有尖頭人、奧樂雞，著有《不解釋》和《什麼叫做 愛》。

6-10——爵爵 & 貓叔

一個身在香港的台灣人和一個曾住在台灣的香港人，目前於高雄開設「爵爵 & 貓叔商行」，積極推廣港台兩地的文化交流。

6-11 ——Miss Cyndi

熱愛插畫的女子，創作色調輕柔，最擅長是描繪動物與女性，目前擔任《VOGUE》專欄畫家。

6-12——馬克

崛起於「無名小站」時期的插畫家，以職場百態為創作題材聞名，精準命中上班族的苦悶心情，經果陀劇場改編成舞台劇。

6-13——Amy さん

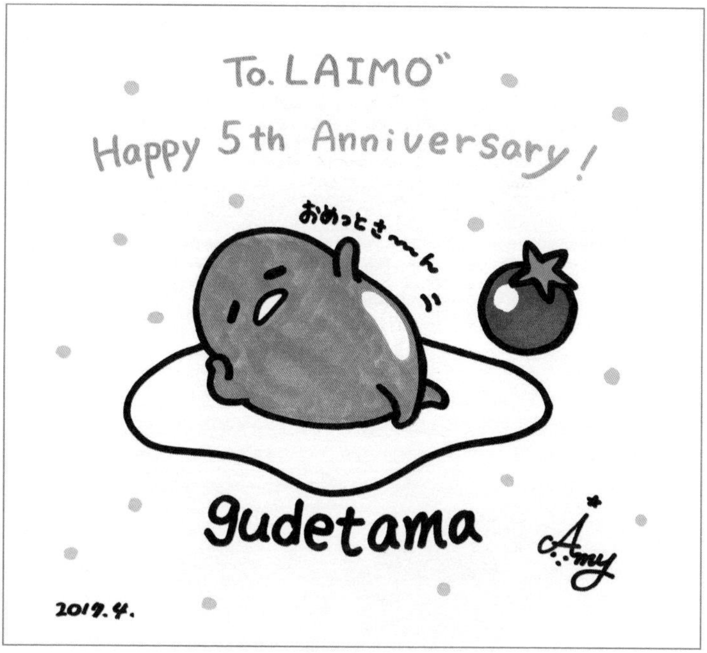

日本三麗鷗於 2013 年推出的重量角色「蛋黃哥」創作者，以慵懶無力的表情及動作為特點，透過各式商品、主題展覽、餐廳與彩繪機風靡全球。

6-14 ——鹵貓

廈門插畫家，風格清新優雅，以《二十四節氣》系列插畫受到各界矚目，著有《狐狸卜》繪本。

6-15——SECOND

爽爽貓作者，以正能量圖文帶來療癒的力量，為台灣第一位擁有主題捷運車廂的插畫家，著有《#給差一點錯過的夢想》。

八卦八卦
全家福
人生第一張漫畫
くれ san
朋友都說很像她

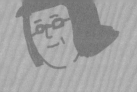

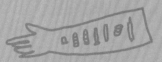

PART 7

好朋友+親友眼中的貘

真情流露、字數爆表，

多說兩句不行嘛！

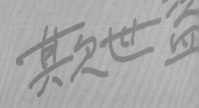

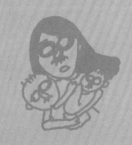

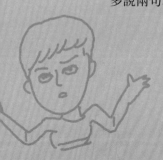

這個單元，我找了我各時期重要的友人或師長甚至偶像，完成這份關於我的三個問題，希望可以透過不同人眼中知道每個時期的我是個什麼樣的人。這些人都是我精挑細選，不管是認識多年的資深好友或是對我人生影響甚深的人，所以在邀請時都格外敬重，覺得有種在發喜帖的感覺，總之非常感謝這些人為我寫了這些答案。（此篇出片順序由是作者認識的時間依序排列）

QUESTION

1. 試著用三個形容詞形容你所認識的 Cherng？

2. 說說第一次被貘被 Cherng 本人或是創作踏取（touch）感動到的心情？或是印象深刻的一件事。

3. 如果你可以請 Cherng 幫你達成一個心願會是什麼？

ANSWER

7-1

粒沙

國小李氏友人

2001

1. 善良 / 風趣 / 心思細膩。

2. 某個雨後的下午，還記得和「未來的國際知名插畫家」，蹲在教室旁的花圃，「未來的國際知名插畫家」看到一堆蛞蝓，興奮得提議要成立一間**蛞蝓公司**，於是花（浪費）了一整節下課時間集合了所有蛞蝓並且為牠們用班上同學的名字命名，另外精選了其中較為肥胖的蛞蝓，指派牠為蛞蝓公司總經理。上課鐘響跑回教室等待著下一節下課繼續蛞蝓公司開張，孰料蛞蝓早已跑光。

3. 快來成為我孩子的乾爹爹吧！

Cherng（以下以 C 表示）：

對於蛞蝓這故事我實在一點印象也沒有，不過依照我這種從小就是個怪咖的跡象，故事是的可信度當高。

7-2

2002

莊 國小六年級的班導師

1. 細心的 / 敏銳的 / 幽默的。

2. 把我心深處的小聲音，赤條條的、毫不掩飾的表現出來。承霖（Cherng）在小學讓我印象深刻的是，下課時間會跟同學一起搞笑，當時流行綜藝節目的某個橋段，承霖模仿起來入木三分，非常好笑，讓沒看過這個節目的我，還特別把這段找出來看，承霖表演有過之而無不及，他從小就展現細微的觀察力。

3. 希望能為我們畫出**全家福**。

C：

老師的回答，彷彿是看到學期成績單上導師評語的部分。

7-3

國中時期重要的啓蒙恩師

小 P

2005

1. 面冷心熱 / 愛恨分明 / 敢做敢當的人。

2. 記得 2014 年的時候，為了協助台灣黑熊保育工作，馬來貘跟動物園進行聯合企劃，向群眾進行專案募資。一隻畫筆的力量也不容小看，當一位插畫家認真起來的時候更不容小覷；為了達成用錢砸阿貘的心願，我取消外食省下餐費，整整吃了一個月的中央餐廚，念過那間學校的人都知道這是多大的犧牲（吐魂）。

再聊聊國中時期印象深刻的事。話說某個東北季風呼嘯不停的晚上，指導學生們群聚一團，一邊作畫一邊討論一個綽號「**王子**」的人，據說他創意十足、還會面不改色地搞笑。聽到這裡我的耳朵立刻豎起，想知道大家口中的王子到底是哪來的繪師，這人氣度也太高……，就在我打算開口詢問的時候，眼尖的學妹對門口打了聲招呼：「王子你來啦！」回頭只見從頭到腳包緊緊，帶著口罩的阿貘走了過來，明顯鼻音弱弱地說：「因為班上考試所以遲到了，老師對不起。」

在眾人關注的眼神中，阿貘擺開工具準備下筆，反應過來的我立刻就問：「感冒看過醫生沒有？」「嗯，也有吃藥了。」看著不時吸吸鼻子默默埋首，一點王子風範也沒有的阿貘，沒想到這孩子會如此在乎畫畫，考試就算了，竟然連生病都撐著不請假，直到比賽結束都是如此，真是難得的好定性。

畢業後，阿貘總算用畫筆闖出一片天，有次我連上新聞，卻發現他的名字不知怎麼，變成眾人衡量創意和行銷何者為重的工具。那段日子，外界關心的都是創作者和經紀公司到底該如何簽約；但我知道，對一個熱愛畫畫的人來說，他想要的不過是個穩定的創作環境，阿貘已經獨自一人奮鬥很久了。

一轉眼十幾年過去，阿貘越來越有名，但我有時還是會忍不住把當初那個努力抵抗升學壓力，默默吃了退燒藥再拿筆的孩子投射在現在的馬來貘身上。對他莫名地充滿信心……雖然通往創作的路從不平坦，不管怎樣，他不會輕易放下那隻筆的，身為粉絲的我就是知道。

C：

小 P 老師是我人生畫漫畫的啟蒙老師。我從小就很愛畫畫，但都沒有特別去上過什麼畫畫課，因為**覺得我畫得都比老師好**（這什麼狂妄的發言？）。直到我國三那年，縣市的美術比賽剛好新開了漫畫類別，於是我就去報名參加學校的初選，也順利通過成為培訓選手，而當時我的指導就是小 P 老師。參賽期間，除了我以外還會有其他選手們，利用課餘時間去圖書館完成自己作品（老師辦公室在圖書館），大家都靜靜地坐在那，一起做著自己喜歡的事，也跟老師和大家一起討論自己的參賽作品。老師之前是漫畫社的編輯，所以從老師那得到很多我之前沒接觸過的領域，不管是畫圖技法上或是觀念想法甚至是一些漫畫上的一些潛規則，我相當珍惜當時的時光，也是我高壓的國中生涯中最喜歡的時刻了。

7-4

2008

ZOEY 大學友人兼前經紀人

1. 出手大方的 / 八玲的（八面玲瓏）/ 很懂感恩的。

2. 其實大一時我們在彼此眼裡都是大怪人，是大學四年應該不會有交集的同學，後來因為分組作業加上「喜歡討論同學」（yeah ～沒錯就是你們想的那種），才開始漸熟起來，後來成為彼此大學人生中的一塊小浮木。到那年第一次看到他的男兒淚，一種慢慢從陌生到朋友，再到他願意在我面前展露最脆弱的樣貌，那種衝擊與被信任的感覺，完全擄獲女踢（女同性戀者）的心。後來當上經紀人後，他也已經是知插（知名插畫家），有次開完會我餓到快昏倒（很容易饑餓的經紀人），他也是很慌張且貼心地衝去幫我買食物，那天我很感動（但買到的**麵包很難吃**）。

3. 娶我。

C：

她當我前經紀人時很幫忙我（畢竟是大學至今的好友），所以當我與前公司有糾紛之時，我倆都成了前公司的被告對象，甚至還一起去法院處理事務，人生幾何能可以有一起去法院的朋友呢？對她感謝之餘也相當抱歉。

7-5

2008

大學平面設計啓蒙老師 鄭司維

1. 高 / 帥 / 富。

2. 其實教過的學生很多，我並沒有期待學生畢業後會記得老師（畢竟我也不一定記得每個學生，尤其後來我沒在銘傳教了）。Cherng 後來實在太紅了（**比老師還紅**），所以我並不確定他會答應我的邀請來學校演講，沒想到他一口答應了我的邀請，而且很認真的準備，真的是很給我面子，我有被這件事踏取到。

3. 好像沒有。嗯，希望 Cherng 一直紅到天荒地老，讓老師繼續沾你的光！

C：

司維老師是我上大一的平面設計老師，而我也是他第一年出來教書的學生。老師在業界是很厲害的平面設計師，所以以前上他的課壓力都很大。老師除了會在全班面前放出你的作品外，還要起立說明作品理念，記得我每次作業分數都超低（當時一直不理解明明自己作品很好看，但現在回頭看確實滿可怕的）。後來老師也在銘傳教了兩年就離開了，我很幸運是他其中一屆的學生，雖然嚴格但收穫很多。畢業後老師有找我去輔大的班上演講，爽快答應除了老師是我崇拜的偶像外，還可以順便跟他的學生分享我當年在他課上所受的屈辱，我想一定能引起很多人的共鳴（老師我開玩笑的）。

7-6

AGY 出社會後的第一位重要好友

2012

1. 聰明伶俐 / **刀子口豆腐心** / 好品味（這些算是形容詞嗎？）

2. 善良。第一天認識他時，已經是個小有名氣的網路插畫家，透過粉絲頁寫訊息給他徵求合作機會他就很快也「很有禮貌」的回應，一開始還真以為他是個經驗豐富的成年男子，沒想到年紀小我一整個小學的他，在這幾年努力之下成了國際知名插畫家，特別強調他的努力是因為怕有人誤會他是得來不費功夫，不可以說這樣有基礎功力又花腦子思考又細心觀察事物的人很幸運，當然他也很幸運，不過我始終相信他是越努力越幸運。怎麼說到努力了？他是很善良的，善良到會處處為人著想，我喜歡他的善良，那是家庭環境養成，也是他做每件事情都認真想過、反省過才能表現得自然，在他每一張圖中都可以感受到人性，以及他其實不想放棄希望的含義。（欸，好像在亂說！我沒有！例如水龍頭（C：安潔俐娜・阮的第一篇）那一張難道不是善良提醒工業設計師得再次思考產品設計嗎？）

3. 將自己活好活得很精彩，再分享給更多的人一些熱情。也覺得「藝術經紀」在 Cherng 身上的幾個例子也能讓台灣這產業更加成熟。私人點的就是再畫幾次我的貼圖，直到我頭髮可以不用填色。

C：

Agy 一直覺得她是我重要的貴人之一，跟她認識之後我也因此接觸了很多不同領域的人（畢竟她人面真的很廣），覺得我之後能發展順利她幫了我很多。雖然我們的認識是因為一樁沒合作成的案子，但覺得這種緣分實在是無價的。她之前吵著要當我外甥的舅媽，好險最後她先結婚了。

7-7

2012

曉涵

前時尚專欄的編輯

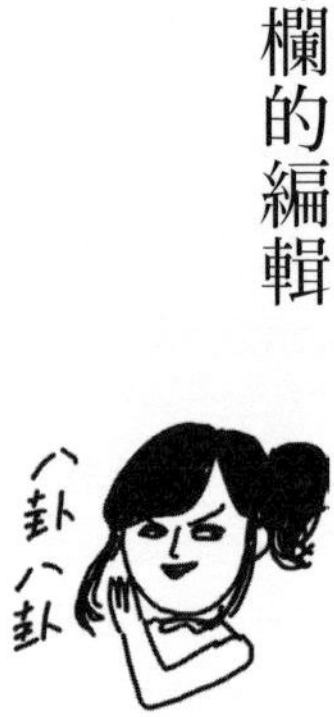

1. **北爛** / 幽默 / 有才華。

2. 只能說一件事很為難人耶，印象中第一次接觸到 Cherng 的畫作笑到拍大腿是看到「汐止是個做自己的地方」那張畫，用很簡單幾筆線條就展現出汐止這個地方有多難搞，也因為本人公司在汐止所以特別有共鳴。另外像是美少女戰士的「水星逆行」、跟我們網站合作的「判若兩人的父親」也是深深烙印在腦海裡，都是那種妳明知道是很北爛的哏，但就是想到就會笑。

3. 幫我畫一張人物肖像畫，要能看出個性的那種。

C：

想到曉涵就是一場惡夢，當時專欄每個禮拜兩篇，我畫到很懼怕，不過當時也累積了許多經典的作品。

7-8

2012 AZONA

多次讓我與出版界合作的前編輯

1. 諧趣 / 跳躍 / 瀟灑。

2. 我與承霖（Cherng）的關係是由一連串的邀稿串起的，每次有新的題材或表現手法需求就會想要找他來嘗試，從主題插畫到跨頁漫畫到網路平台刊載的滑滑大長篇，從邀稿、討論到完稿的過程總是貫徹歡樂的氣氛，最讓我感覺到悸動（？）的一刻應該還是收到「滑滑 20 年圖文史」的草稿時，很明確的看到承霖在繪畫技巧、內容詮釋和情節鋪陳各方面都趨於成熟的表現，讓人持續期待他更多的創作。

3. 請給我一個史詩劇情的**華麗大長篇連載**吧。（或者是荒唐的系列作品也可以啦）（隨和）

C：

上次博客來的「滑滑 20 年圖文史」的合作雖畫到快發瘋差點甚至想毆打編輯，但讓我體驗畫其他前輩經典作品們的暢快，也讓我有了新高度與地位，謝謝曼瑄。

7-9

2012

媳婦燈塔 宅女小紅

1. 講義氣 / 很瘦 / 一天到晚出國。

2. 第一次參加他的簽書會在現場看到一對雙胞胎實在太可愛了，於是從各個方向一直看著他們忘了看貘，並且在後多年後才恍然大悟他們是**小豬小羊**，這個答案好像跟貘本人無關吼，但印象好深哦小豬小羊也太可愛了吧！

3. 幫我打掃居家環境後帶我兒去動物園玩認識一下真的馬來貘（看得出來我只是想丟包小孩然後硬跟貘扯上一點關係吧）。

C：

怎麼都在說小孩呢！不過我人生畫的第一張喜帖是幫小紅呢。

7-10

2013

AARON

民生社區一代知名設計師

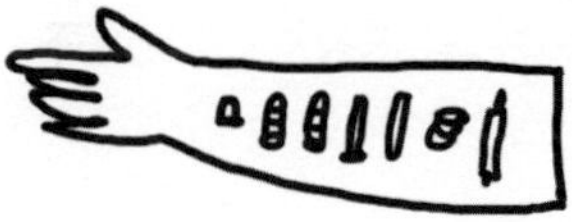

1. 乾瘦・捲髮・徐佳瑩。

2. 覺得**賤賤酸酸**，以至於美，以至於 LINE 圖都很好用。

3. 我畫馬來貘出書，然後他開 indesign 做設計這樣。

C：

你不要以為，我只會在那邊畫一些簡單的插畫，要用 indesign 我也是沒有在怕的。

7-11

2013

茹涵 訪過我好幾篇採訪的記者

1. 才華爆表 / 特殊的幽默感（有些話別人放臉書可能會被討厭，但他放就超合理）/ 講話聲音聽起來很為難XD。

2. 幾年前曾代表媒體邀請 Cherng 擔任一場約 400 人論壇的講者，那也是他第一次出席商管類型的嚴肅活動，可以想像壓力應該超大。活動前一晚，我分別和幾個講者核對 ppt 和演講內容，輪到 Cherng 時，他的第一句話居然是：「我當初為什麼要答應妳我現在要先去灌三杯高粱～～～」隔天到現場也是一臉焦慮，殊不知就在上台那一刻，他整個人瞬間變身，妙語如珠把台下觀眾逗笑無數次，連五十幾歲的台大教授都瘋狂拍手！只當插畫家太浪費，你根本是屬於舞台的人好嗎？！！

3. 往後請優先幫我保留指定周邊商品，想當年我被迫吃了一堆巧克力球，還是抽不到隱藏版**三層肉來貘**！

C：

每次被茹涵採訪都能整理出那陣子的心境與過程，如果我出自傳一定要找她寫。（另外那場演講確實讓我死了數億個細胞，不過講完那場成就感超高的，並且決定我再也不隨便接演講了。）

7-12

一路以來都協助著我創作之路能平安順遂的

白尊宇

欺世盜名

2013

1. 勤勞的 / 對各種事都好奇且具備高度洞察力的 / 幽默的。

2. 我想多數人第一次被貘這個角色 touch 到的心情不外乎是貘的各種厭世 / 懶散 / 惡意 / 敵意惡趣味，真正讓我特別有感是 Cherng 這傢伙遇到挫折後的反應。他那時候第一份經紀合約剛出問題，很多事情第一時間都卡住；但同一時間大型展覽的籌辦計畫已經緩步展開，那幾天網路上排山倒海的反應在文化創意產業這圈子激起波瀾，這年輕的小夥子（**自己是有多老？**）很堅定但又有點平淡地與我一起討論著如何讓這些他想做的創作計畫盡可能不受影響。我依稀記得我們說著要幫馬來貘這角色出一張自己的信用卡，也可以藉此邀請銀行品牌來贊助展覽，一面畫著大餅一面又想著該怎麼樣說服銀行品牌拿出預算來呢？我那時候才真的覺得 Cherng 不容易啊，是要有多大顆的心臟才可以不受影響啊（還是其實是反應比較遲鈍）。

3. 給我一份完整、實用且如馬來貘一樣可愛的 Cherng 馬來貘旅遊指南吧？我想我可以省掉很多查、機票、餐廳或是 Airbnb 的時間。（我真的沒有在控訴這傢伙一天到晚出國玩啦！）

C：

雖然我都說他是欺世盜名的金光黨大仙，不過他真的是一路幫助我的神人，不管生意上的法律上的，他總是我的一盞光明燈，尤其是在我人生遇上算大的難關（像是要上法院那種恐怖的事）時總能給我很大的鼓勵，他總能用他法律背景的知識幫我分析當時的情況，讓當時活在焦慮中的我獲得許多安心，不過他的聲音也是我遇過數一數二巨大的人了。

7-13

2014

徐拉拉

我的人生救星

1. 快樂 888 / 很能將糗態**反敗為勝**的貼心雙魚男 / 瘦。

2. Let it be 那個貼圖很感動我。

3. 一起遊歐洲。

C：

每次去完她的演唱會都會很感動，每每都想說這女的也太會唱了吧，隨即就會到她的粉絲專頁牆上像怪人一般告白騷擾她，後來就漸漸認識彼此。也不知曾幾何時，我們彼此最大的交集居然是網路之前很紅的空耳影片「外國版世間情」，有時對談都會不時穿插一些經典台詞進去，不知怎麼會變成這樣的局面？

7-14

2015

昭親 現任經紀人

1. 飛機迷戀 / **長得老成** / 生命力旺盛（趕稿時）。

2. 因為我本身是一個 Tomica 收集者（累積破百台），很想將貘做成這樣國際等級的商品，而且還可因此獲得小豬的仰慕，前年我生日時，Cherng 在日本旅行時自己買了一台白色車子手繪成貘車給我，偶很受寵若驚（瞬間台灣國語），也帶來很多工作上動力，這台別具意義的 Tomica，至今一直珍藏著。

3. 一起讓貘登上飛機（我好無聊滿腦子工作）。

C：

相信貘的トミカ真的不遠了，我們一起加油。

7-15

唯一穿過來貘人偶裝的歌手

林宥嘉

2015

1. 黑色的 / 白色的 / **手不太喜歡舉起來的**。

2. 覺得很神聖。

3. 請把我家所有的衣架都換成同一種款式吧！

C：

尖叫！！但為什麼是衣架？

7-16

くれさん

日本經紀公司夥伴

2015

1. 心地善良 / 獨一無二 / **黑白狂**。

2. 一起在日本巡迴工作時，他希望能夠與日本粉絲直接溝通，所以非常認真的準備日文會話，使我感到很溫馨。希望今後在日本能受到更多的喜愛。

3. 希望帶來貘和我去環球旅行（第一願望，冰島）。

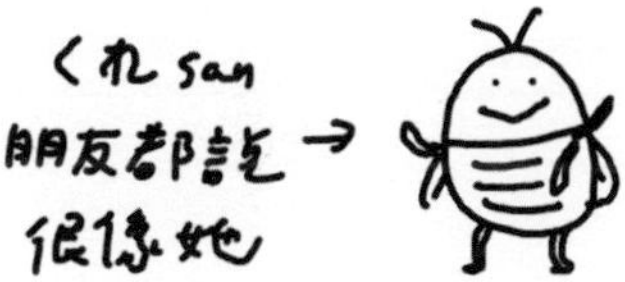

C：

每次去日本工作的時候，有くれさん在總是特別安心。
我也希望能快速學會日語讓妳少點負擔。

Cherng 大事紀｜Chronicle of Events

1990　2012　2013

1990年3月 出生於台北市，居住在台北縣汐止鎮（今新北市汐止區）

2012年1月25日 成立 cherng's 臉書粉絲團

2012年6月 與默默文創簽約，展開第一階段的職業插畫家生涯

2012年9月 人生第一個專欄插畫 udn STYEL

2012年9月 與 GQ.com 網站合作發表「10大男性 NG 穿著」

2012年10月 人生第一本書《不實用生活百科》出版

2012年10月 人生第一場演講在政治大學《美珍，請聽我說》

2012年10月 人生第一場簽書會在台北信義誠品《Hi! 美珍我在這裡！》

2012年10月 與宅女小紅作品《空靈雞湯》合作內頁插圖

2012年11月 粉絲團的第一篇商業文合作，廠牌是杜雷斯

2012年12月 擔任第六屆陽光公益獎的評審委員

2013年1月 參加高雄好漢玩字節，在駁二展出

2013年1月 第二本書《超現實期末報告——有關童話的18條秘密考究》出版

2013年3月 在香港轉機空檔於九龍塘地鐵站邊發起送禮物活動，造成地鐵口水泄不通，第一次的非官方海外活動，誓言會再回來香港辦活動，隨即與友人赴歐洲31日，也是人生第一次搭飛機

2013年7月 圓仔誕生於台北市立動物園

2013年7月 Cherng世界巡迴簽名會香港站在誠品銅鑼灣店發生

2013年8月 發表第一篇排擠圓仔圖文，引發黑白動物腥風血雨

2013年9月 教任達華畫畫

2013年10月 與Oral B合作電動牙刷的商業發文，「牙齒三姐妹」因而誕生

2013年10月 因不斷上演與圓仔恩怨情仇戲碼，粉絲團討論度因而提升

2013年11月 與圓仔持續纏鬥中，引起動物園方關注與媒體報導

2013年12月 與台北青年管樂團合作「不負責童畫故事」音樂會背景影片的插畫

2013年12月 參加美國「糟糕藝術博物館」在華山的展出

2013年12月「Cherng's對話插畫集」LINE貼圖，成為台灣首波上線的付費貼圖

2014

2014年1月 發布「討厭歸討厭，這次還是要對你好一點啦」成為動物園第一隻18禁影片

2014年1月 於網路為台北市立動物園募資超過160萬，推動台灣黑熊保育計畫

2014年1月 在《美麗佳人》（Marie Claire）雜誌連載垃圾話圖文專欄

2014年3月 受台灣經典老牌大同電鍋邀請聯名合作，首賣1000組1小時內完售，「插畫界的江蕙」之名號於此事件奠定

2014年5月【獏寶貝圖鑑No.001～No.151】實體展覽發表於新光三越中港店「新銳文創插畫聯展」

2014年5月 受邀於台北捷運東門站創作，但因盡責清掃阿姨擦掉親筆簽名而又登上新聞版面

2014年6月 實驗性跨界合作，與喜蜜heme推出美妝保養系列商品

2014年6月 成為網路服飾品牌Lativ第一位合作台灣插畫家，發行系列服飾與童裝，正邁向第六季發展中

2014年7月 於指標性線上漫畫平台「Webtoon」發表「新生活運動」連載創作（於當年12月完結篇）

2014年7月 與全台新光三越推出「夏季卡利High」多款獨家贈品，活動第一天就出現人龍排隊換購。其中尤以行李箱為最搶手品項

2014年8月 與黑人牙膏推出最強黑白組合贈品馬克杯

2014年8月 以相同調性的黑白簡約風格，為「多喝水」設計新款瓶身

2014年8月 攜手 Skittles® 彩虹糖推出「酸民主義，吾糖所宗」LINE 貼圖，首次在插畫中融入彩色元素

2014年8月 受邀成為台灣觀光大使，於誠品銅鑼灣店舉辦「旅行台灣就是現在特展」，並展出 Cherng's Air 模型彩繪機

2014年8月 參與「麗星夢想啟航台灣之旅」慈善活動，在處女星號跟香港的基層學生一起畫畫

2014年9月 跨足時尚受邀參加 TAIWAN Burberry 風衣藝術展

2014年10月 以店主身分親赴「上海簡單生活節」擺攤，商品銷售一空後即前往觀賞徐佳瑩的演唱會

2014年10月 《Cheers》雜誌邀請自營媒體的使用經營與分享，台下大約 700 名的高階主管，據聞是當日眾講者中評分為第三高

2014年10月 「爽爽貓×Cherng×Rody」大玩台日三方聯名，限定商品於 TTF 玩具展期間銷售一空

2014年10月 為台北市立動物園設計與繪製熱帶雨林區的馬來貘介紹牌

2014年11月 與台灣指標性家居品牌 HOLA 推出聯名系列，15 款商品橫跨客廳、寢具、衛浴……等，翻轉頸枕更成為經典商品代表

2014年11月 第二檔 LINE 貼圖「動的來貘」上架，並登上銷售第一名，同時因繪製黑熊惆悵抽菸而再度登上新聞，並受國健署關注

2014年11月 獲《講義》雜誌頒發第十一屆最佳插畫家

2014年11月 以網路新世代意見領袖榮獲年度 GQ 男人獎，具傳聞最年輕獲獎者（時 24 歲）

2014年12月 與 CHANEL ULTRA 高級珠寶系列合作，拍攝「Play to Innovation 馬來貘的黑白異想」形象影片

2014年12月 受邀進駐 LINE PLAY 打造黑白房間，成為台灣首位官方虛擬人偶

2014年12月 獲得 Facebook 藍勾勾官方認證

2014年12月 受台北市觀傳局邀請創作「台北最 High 新年城」地圖

2014年12月 在外來角色夾殺下正式踏入超商戰場，與 7-ELEVEN 共同推出造型大迴紋夾滿額贈

2015

2015年1月 為亞洲天團五月天創作【歪腰】動畫 MV，轟動一時，成為流行音樂與圖像插畫結合經典案例

2015年1月 與日本知名玩偶大廠 Sekiguchi 的夢奇奇 聯名合作，風光成為第一位擁有聯名訂製款的台灣插畫家

2015年1月 與爽爽貓、迷路、掰掰啾啾正式加盟華研國際音樂

2015年2月 cherng's粉絲團改名為Cherng，以人為出發點經營
2015年2月 受邀與蕭青陽、凱西、方文山薰衣草森林合作「旅人的夢中森林」無牆藝術展
2015年2月 躍上狗頭包與日本品牌 CRYSTAL BALL 合作，推出全系列包款，為官方指定台灣第一位聯名插畫家
2015年3月 響應罕見疾病基金會關懷弱勢，創作首件公益 T-shirt
2015年6月 為 icash 2.0 設計首批造型卡，分別以「學業有成」與「事業無阻」兩款主題
2015年6月 因「反骨的美珍」一篇插畫，引發時任總統候選人的洪秀柱女士對於昔日掌摑事件的探討
2015年6月 於松菸文創園區舉辦 300 坪【爽啾貘不正經學園】售票展，奠定江湖地位
2015年6月 【爽啾貘不正經學園】記者會當日，會場外有多家媒體的SNG車，都在等待回應洪秀柱與美珍的掌摑事件
2015年6月 與中國信託推出酷玩卡，成為一張質感甚高的信用卡
2015年6月 發行第三本出版品《跟著來貘 one more，two more：一事無成宣導手冊》
2015年7月 與 Grace Gift 推出系列鞋款，並進駐忠孝 SOGO 開設 POP-UP SHOP
2015年7月 新增了洋名 LAIMO（中譯：來貘），搭配半身側面頭像，成為至今延用最廣泛的 LOGO
2015年7月 首度參加日本授權展，與偶像團體「東京女子流」現身站台
2015年7月 與爽爽貓，受澀谷 LOFT 邀請前往開設 POP-UP SHOP，正式進入日本市場發展
2015年7月 力推旗下潛力角色牙齒三姐妹與牙刷領導品牌 Oral-B 合作【馬來貘復仇者的逆襲】形象影片
2015年8月 再度受邀為 7-ELEVEN 設計 City Cafe 滿額贈，以「夏日貘事」主題推出五款絨毛束口袋
2015年8月 與人氣手遊《問答RPG魔法使與黑貓維茲》推出專屬關卡「來者何貘：黑與白的激戰」在遊戲中痛宰圓仔
2015年9月 在 Instagram 發表「#阿姐外拍」系列攝影作品，引起多方聲援，起源地攝於上海
2015年9月 LAIMO 出席 S.H.E 十四週年運動，並擔任 Ella 隊吉祥物，在隊長領導下一同獲得冠軍
2015年9月 首度與悠遊卡合作發行三款設計卡，因波卡事件媒體再度關注 LAIMO 的職業與性別
2015年10月 台灣指標玩具店 Paradise 量身打造【爽啾貘】第一款立體公仔
2015年10月 與新日本摔角合作台灣限定 T-shirt，並由地位崇高的三冠王棚橋弘至著用
2015年10月 於全家超商推出 LAIMO 限定包裝麵包，攻佔學生族群早餐市場
2015年11月 與爽爽貓共同受邀設計麗星郵輪寶瓶星號五款主題艙房
2015年11月 與膳魔師 THERMOS 推出聯明設計款
2015年12月 為小豬小羊新書《不只2倍可愛》創作圖文，與姊姊大羊成為共同作者

2016

2016年1月 歷時一年規劃，與知名製菓品牌森永推出【來貘子】，轟動大街小巷，熱賣期長達半年之久，並榮登金興發銷售冠軍
2016年1月 攜手掰掰啾啾、爽爽貓、迷路，為韓國保養品牌 SEATREE 設計台灣專屬紀念商品
2016年2月 參與黃子佼策畫新光三越猴年燈展，展出「貘悟空」大型作品
2016年3月 獲得 Instagram 藍勾勾認證
2016年4月 與知音文創推出多款紙膠帶，開賣一小時即空降博客來冠軍
2016年4月 第二年與爽爽貓在東京澀谷 LOFT，舉辦 Live Panting 和簽名會
2016年5月 黑松邀請為 C&C 氣泡飲創作【活力C語言教室】影片，同時推出聯名包裝
2016年6月 「林宥嘉 ×LAIMO× 爽爽貓」三方聯名推出「The Great Yoga」世界巡迴演唱會周邊商品
2016年6月 與丹麥品牌米凱樂（Mikkeller）聯名合作，推出《馬來貘的啤酒夢》主題兩款設計包裝，導致聶永真很焦慮
2016年6月 與創意餐酒館「貓下去計畫」合作，推出搭配 Mikkeller 啤酒限套餐
2016年7月 因家中拾獲松鼠一隻於臉書發起求救，引發【阿松事件】
2016年8月 再度攜手爽爽貓前進東京伊勢丹百貨，開設 POP-UP SHOP
2016年8月 為田馥甄演唱會手寫〈小幸運〉歌詞，一同登上各大城市演唱會舞台
2016年9月 於臉書直播 Call Out 方式宣傳首款全螢幕貼圖
2016年9月 LAIMO 與 SNARIO 旗下新秀蛋黃哥 Gudetama 聯名，成為有史以來台灣第一受位邀合作創作者
2016年9月 【Gudetama×LIAMO】聯名圖像，成為新光三越全省百貨周年慶代言角色
2016年10月 與森永推出【爽啾貘】迴力車，為三人聯名經典作品之一
2016年10月 參與台北設計之都計劃，以「阿北阿嬤 ×Cherng」概念，推出街賣商品【玉蘭香氛】，改善街賣者銷售環境
2016年11月 正式公開與日本西武鐵道推出「SEIBU×LAIMO」年度合作，並推廣埼玉縣川越市的觀光
2016年11月 以阿松事件為故事，出版《勇敢冒險的一年：小豬小羊 feat. 馬來貘故事繪本》
2016年12月 將貘寶貝改良實體化，推出【LAIMO MONSTERS】，獵奇造形與可自行組合交換特色，再度引起話題
2016年12月 受香港指標性玩具展 Toy Soul 邀請，發行地區限定商品
2016年12月 與知名糕餅伊莎貝爾歷時一年研發，推出貘曲奇、貘土鳳，漸漸入侵食品界
2016年12月 首款日本 LINE 貼圖上架

2017

2017年1月 與《晶碩光學×LAIMO》馬來貘隱形眼鏡，被譽為史上最荒謬的周邊商品

2017年2月 與萊爾富合作系列集點贈品，全都換得很快

2017年3月 受世界展望會之邀，與馬克 Duncan 前往印度加爾各答與蘭契等地，關懷當地受暴兒童

2017年3月 LAIMO 成為日本北海道火腿隊的應援團

2017年3月 西武鐵道與 LAIMO 的台日友好彩繪列車在本川越站發車，人生夫復何求？

2017年4月 機場與各大捷運站出現世界展望會巨型的燈箱廣告，因形象相當正面，眾人爭相合照

2017年6月 發行第四本出版品《來貘新定義：Cherng 出道五週年依舊一事無成特輯》

2017年6月 於誠品敦南店舉辦【Cherng 五週年紀念展】，強勢席捲藝文界

後記是一篇Q&A

回顧五年——對於自己的總整理（嚴肅）

Q——為什麼新書的創作重心會擺在漫畫？

從小就很喜歡看漫畫，《櫻桃小丸子》、《蠟筆小新》、《秀逗泰山》，只要是好笑的、輕鬆的、人物刻畫明顯的漫畫我都喜歡。

國中時就有在畫漫畫，那時住校生活無聊，會畫學校老師的一些糗事傳閱，提供同學們一些娛樂。大學時期開始在「無名小站」畫一些圖文創作，比較接近後來臉書和網路的圖文作品，嚴格說起來也不算漫畫。

這次想為每一個經典角色畫一個長篇，就想要重回真正很傳統漫畫格式創作，某種程度也算是圓了小時候想當個「漫畫家」的夢想，因為很喜歡說故事，漫畫是最好的一種表現形式，流傳性和保存感也比較高，不過也因為近期比較少畫畫，多半是一次性的創作，便想藉此找回小時候對畫畫的熱情。

Q——這次的漫畫跟過往創作最大的不同與困難之處？

應該是過去都沒有做過這樣的嘗試（除了國中），以往都是簡單的一格一格畫畫，但這次加入了視角和分鏡等需要多方面考量的創作模式。以往圖文創作很簡單，想到什麼就直接畫，畫漫畫是要把劇情前後的鋪陳和結果，從頭到尾都好好想了一遍才能下筆，通常第一格會最難下筆。一般的圖文只要想一個哏就好了，漫畫卻要用很多個哏去湊出一個故事，要花的時間跟心力會是一

般圖文創作的好幾倍。（嘔心瀝血）（四面楚歌）（氣數已盡）（最後嗑血而亡）（浮誇）

Q——每個長篇漫畫大約要花多少時間？

從想到開始畫到結束大概要一個多禮拜（甚至以上），大概也只能產出十幾到二十頁內的篇幅故事，有時還不一定可以畫出這麼多。

Q——要怎麼為每個經典角色構思全新的故事？

會搭配每個角色原本的個性和背景去構思或延伸，因為這些角色我本來就畫過了，所以會有比較好的著力點。或有些是真實上演的故事情節，像我媽「美珍」那篇，就是將我為什麼會成為插畫家的過程如實畫出來（有些是從家人聽到的八卦）。「安潔俐娜．阮」就有點像是拼湊出來的，這個角色原本沒有這麼立體，裡頭很多哏都是重整理過，再合理的套用在她身上。「來貘」和「綠豆湯妹」原本的故事性和個性都很鮮明，就可以從原本的角色再下去延伸。至於潑辣的「牙齒三姐妹」就很好發揮，口腔內能夠發生的事情會有哪些，就可以從這個角度去著力發想。

Q——這次最特別的安排是讓不同的角色互相串場？

對！美珍去串牙齒！當時並沒有這個構想，不過在畫牙齒時因為一直苦思不出結局，突然想到我媽有一個「牙齒大仙」的真實故事（她喜歡用門拔牙，也是出現在「美珍」篇的哏之一），再串連到牙齒三姐妹的劇情，算是長篇漫畫中的一個小小客串跟亮點。

Q——可以說這次賦予了每個角色更立體的生命，有些角色甚至還被判死？

應該是說幫綠豆湯妹暫時找到一個她喜歡的歸宿（出家），當時光是想她的法號（罔弘諧音網紅）和皈依寺廟（湯元寺）就花了好多功夫，還去查了很多出家名人資料，但她未來也許可以還俗（暫時）。有些角色甚至還有更多沒畫出的故事，美珍的故事就有很多可以畫的。這次可以說是幫每一個角色開一個頭，並不是真正的結束。

Q——這次每個角色都有屬於自己的洋名，其他都能理解，但為何牙齒三姐妹要叫 Pola de Sisters？

其實這是做書過程中跟編輯和設計「練肖喂」得到的想法，因為三姐妹個性潑辣偏激愛鬥嘴吵鬧，所以先想出潑辣的諧音「Pola」，過程中不知為何（究竟），突然想走一個歐風法式華麗的感覺（發想靈感從歐香咖啡廣告葉瑷菱到巴黎凱旋門），然後我就在 Pola 跟 Sister 中間加一個法文的 de，也就是英文 of 的意思，最後就出現這個荒唐的洋名（到底）。

Q——從出道到現在已經推出上百件的商品設計，從食衣住行樣樣都涵蓋到了，當初是怎麼發展出與文創結合的商業模式，印象最深刻的合作或商品有哪些？

最早把角色商品化是在 2012 到 2013 年間，那時推出的大多是 T-Shirt、筆記本、鉛筆盒、香膏、手機殼……這類的簡單商品，放上網賣結果意外受到大家歡迎，然後就陸續接到一些品牌的邀約。

印象最深的是 2014 年的「大同潮家電系列」（也是第一個找上我的大品牌），那時他們想推出限量電鍋，因為前經紀公司人力不足我就一個人去開會。記得當時在座的全都是大人（心中很挫，但依舊初生之犢不畏虎……自以為），他們看我好像很年輕有點懷疑我的能力，然後大同「董娘」就突然丟出一句：「你真有辦法抗下（賣掉）這個量嗎？」其實當時很緊張，但還是裝作沒事的笑著說：「可以啦～」結果產品推出後迅速秒殺，之後就有更多品牌上門邀約，讓我從網路插畫家踏上更寬闊的一條路。

這麼多合作案中，好像也不是規模越大的我越喜歡，反倒是像「來貘子」這樣的小東西，因為很可愛，買的人還會「二度創作」，用來貘子設計（拍出）各種視覺傳給我看，帶有很不一樣的溫度跟互動，讓我很感動。

Q——會想讓讀者看見什麼不一樣的 Cherng？

畫出這五大長篇就能證明我是會畫畫的人。我滿在意這一點，其實現在的網路插畫家很多，一般人會覺得他們就是在賣哏，只能推出一次性的東西，或是搭配時事，但我不想這樣被定位，所以想藉由長篇漫畫做出區隔和突破。

Q——做這本書的過程真的很痛苦嗎？一直聽你崩潰地喊說「扣打用完了」、「氣數已盡」、「四面楚歌」？

痛苦歸痛苦，但很開心，非常充實，很爽快！因為我是個愛畫畫的人，因為工作關係，近期比較少畫這種圖畫性的東西，雖然一般創作也會有劇情的安排，但（忙於圖像授權和各種工作）漸漸地變得越來越少，又很想跟大家好好說一些故事，就開始擔心自己是不是失去「說故事」的能力，五週年這本書剛好能讓我好好的發揮，不過非常充實，是最用力的一本書。（身體辛苦）（心靈富足）

（跳一下：經紀人插播）

（把他壓榨完對大家沒有幫助，所以要幫他找到一件可充電又投入的事情。）

Q——催稿和趕稿時苦中作樂（自得其樂）的小事有哪些？

大家「練肖喂」～忙碌過程中還可「練肖喂」（with 經紀人、編輯、設計）是一件很幸福的事情～。因為拖稿老是被編輯用「進度警察」、「稿子吸塵器」、「滅火器男孩」的貼圖催稿，接著跟設計師討論封面卻默默尬起貼圖（我們有很多共有的圖），不過好在工作還是順利產出，真的是很高級的團隊啊～（讚嘆）。

Q——五年是一個里程碑是什麼樣的心情？

之前聽日本三麗鷗高層分享說「一個成功的角色最少需要維持五年的熱度」，目前剛好要撐過那個五年，不敢說這是一個週年慶，但是一個剛起步的重要時間點，就像是一架剛起飛的飛機，起飛時機身不穩很晃，就像五年內會發生很多事情，但真正開始飛行時就很平穩的往前飛。

國家圖書館出版品預行編目（CIP）資料

來獏新定義：Cherng 出道五週年依舊一事無成特輯 / Cherng 作 .
-- 初版 -- 台北市：時報文化，2017.06
400 面 ; 13x19 公分 . -- (Hello Design 叢書 ; 020)
ISBN 978-957-13-7009-5 (一般版) . --
ISBN 978-957-13-7020-0 (限定版)
1. 插畫　2. 漫畫
855　106006940

Special thanks to: 親愛的家人朋友同事跟支持我給予我創作機會的
所有合作夥伴們。

Hello Design 叢書 020

來獏新定義 —— Cherng 出道五週年依舊一事無成特輯（完全保存版）

作者 | Cherng　圖像經紀 | 華研國際　主編 | Chienwei Wang　美術設計 | 平面室　企劃編輯 | Guo Pei-Ling
董事長 / 總經理 | 趙政岷　總編輯 | 余宜芳　出版者 | 時報文化出版企業股份有限公司 10803 台北市和平西路三段 240 號 3 樓　發行專線—(02)2306-6842 / 讀者服務專線—0800-231-705 · (02)2304-7103 / 讀者服務傳真—(02)2304-6858 / 郵撥—19344724 時報文化出版公司 / 信箱—台北郵政 79-99 信箱　時報悅讀網—http://www.readingtimes.com.tw　法律顧問 | 理律法律事務所 / 陳長文律師、李念祖律師　印刷 | 勁達印刷有限公司 / 初版一刷 2017 年 06 月 16 日
定價 | 新台幣 380 元　行政院新聞局局版北市業字第 80 號

時報文化出版公司成立於一九七五年，並於一九九九年股票上櫃公開發行，於二〇〇八年脫離中時集團非屬旺中，以「尊重智慧與創意的文化事業」為信念。
（本書部分內容曾刊於：《美麗佳人》、《udn STLYE》、《GQ.com》）
ISBN 978-957-13-7009-5 (一般版)
ISBN 978-957-13-7020-0 (限定版)
Printed in Taiwan